반짝이는 파편

한수언

패션 디자이너로 일하다가 뒤늦게 일러스트레이터가 되었고, 어린이책을 비롯한 다수의
매체에 그림을 그려 왔다. 옷을 만들고 그림을 그리는 일처럼, 상상하고 만드는 걸 좋아한다.
현재는 웹툰 스토리, 드라마와 영화 시나리오 공모전에서 수상하며 콘텐츠 영역에서도
활발하게 작품 활동을 이어 가고 있다. 장르를 넘나들며, 다채로운 세계 속에서 저마다의
개성을 지닌 존재들이 부딪치고 성장하는 이야기를 즐겁게 쓰고 있다.
동화 《상큼 달콤 차차차》, 《손톱을 오도독! 변신 대장 뿡이》, 청소년 소설집
《고사리의 생존법》을 썼으며, 쓰고 그린 책으로는 《어른 절대 사절 노노 식당》,
《우리 집에 온 불량 손님》, 《고양이 자꾸》가 있다.

반짝이는 짝편

한수언 장편소설

차례

1. 셀럽의 삶은 피곤해 7

2. 질투는 나의 힘 16

3. 슬픔을 지우려다가 그만 25

4. 원수는 외다무다리에서 36

5. 악몽에는 먹방이 약 46

6. 티 안 내고 척하기는 익숙해 56

7. 내 마음 같지 않은 하루 71

8. 홧김에 남자 친구 80

9. 불편한 초대 88

10. 터져 버린 마음들 99

11. 비 온 뒤의 단단함 107

12. 악연의 끝, 악몽의 끝 116

13. 대충 그럭저럭 잔잔한 행복 126

14. 설렘 과다 비밀 연애 135

15. 일단은 버티기 모드 ON 144

16. 중요한 건 우리의 현재 152

17. 담백한 고백 161

18. 초라한 민낯 169

19. 혼자서 반짝여도 충분한 날들 179

20. 둘이 함께 만드는 악장 187

작가의 말 194

1.
셀럽의 삶은 피곤해

소윤의 오늘 아침 등굣길은 특별했다. 유난히 눈부신 아침 햇살을 받아 반짝반짝 윤이 나는 머리카락 때문은 아니었다. 칼각으로 다린 교복 블라우스에서 나는 포근한 코튼 향 섬유 유연제 때문도 아니었다. 그렇다고 주문하고 일주일 만에 도착한 새 키링을 매단 배낭 때문도 물론 아니었다.

"크크큭, 어떻게 해야 티가 덜 나지? 크큭."

마음에 다 담기지 못한 말이 혼잣말이 되어 불쑥 튀어나왔다. 입꼬리에 비실비실 걸린 웃음기를 주체할 수 없었다. 골목길을 제집 삼아 어슬렁거리던 삼색 무늬 길냥이가 평소와는 다르게 들떠 있는 소윤에게 하악질했다.

"히히히, 놀랐어? 미안, 미안."

소윤의 타이름에 길냥이는 다시 상냥하게 야옹거렸다. 푸른 하늘과 흰 구름 아래 소윤이 사는 아파트에서 버스 정류장까지 이어지는 좁은 경사면의 돌계단, 엇비슷한 주택들의 담벼락으로 이어진 골목길, 아스팔트 틈새를 뚫고 자란 민들레꽃과 풀 무더기, 사람의 온기에 친밀함을 내세운 길고양이들……. 모든 건 그대로였으나 소윤의 마음만은 구름 위를 걷는 것 같았다. 평소라면 아침잠에 허우적거리며 걸었을 이 길을 춤추듯이 경쾌하게 걸을 줄이야. 짜릿한 전율이 온몸을 훑었다.

가로수 옆에 선 세진과 정아가 보였다. 소윤은 언제 그랬냐는 듯이 웃음기를 싹 거뒀다. 아무렇지 않게, 침착하게 심호흡으로 달뜬 기분을 잠재웠다. 좀 전까지의 흥분을 빠르게 가라앉혔다.

소윤을 발견한 세진이 귀에 꽂고 있던 이어폰을 케이스에 넣고는 손을 들었다. 소윤도 손을 흔들며 터벅터벅 걸어갔다. 가까이서 본 정아의 입술에는 급히 먹은 듯 토스트 부스러기가 묻어 있었다. 부스스한 세진의 단발머리 끝부분이 살짝 뻗쳐 있는 걸 보아선 늦잠을 자느라 드라이도 제대로 못 한 듯했다. 피곤함이 켜켜이 쌓일 수밖에 없는 목요일이었다. 아이들은 저마다의 모습으로 흐트러져 있었다.

"지소윤, 너, 뭐 좋은 일 있냐? 얼굴에서 광이 나네?"

"그러게. 뭔가 좀 달라 보이는데?"

"다르긴 뭘. 늘 똑같지."

순 거짓말이었다. 세진은 의심 가득한 눈으로 소윤을 빠르게 훑고는 입을 삐죽거렸다. 옆에서 정아가 솔깃한 얼굴로 세진에게 뭐라 뭐라 귀엣말을 했다. 억지로 미소 지은 입가가 저도 모르게 떨렸나 보다 하고 소윤은 아차 싶었다.

세진은 꽤 관찰력이 좋았다. 평소와 다른 분위기를 대번에 알아차리는 희한한 재주가 있었다. 헤픈 웃음도, 떨리는 손끝이며 어딘가 다른 듯한 작은 몸짓 손짓도 허투루 넘기지 않았다. 작은 단서들이 일단 눈에 띄면 세진은 의혹과 의심이란 살을 붙이길 좋아했다. 그걸 동글동글 쥐기 쉽게 만든 후, 손아귀에 굴리면서 언제쯤 터트려 줄까, 아이들을 재곤 했다. 거기엔 한번 보면 잊기 어려운 삼백안의 인상도 한몫했다. 세진이 지나갈 때면 아이들은 등 뒤에서 몰래 수군거렸다.

"쟤 신기 대박이야."

"엄마가 용한 무당이라서 돈을 긁어모은다더라."

"눈 보면 괜히 쫄려서 술술 분다며?"

하다못해 세진에게 불만을 품고 손찌검을 한 애는 얼마 안 가 교통사고까지 당해서 몇 달씩 병원 신세를 지기도 했다. 그 소문이 나자 아이들은 세진을 알아서 피하기 시작했다. 폭력보다 한 수 위인 권력, 그보다 더 무서운 신력의 위력을 등에 업고 세진은 자연스레 가온고 일진이 되었다.

이런저런 무시무시한 소문을 몰고 다니는 세진이 자신의 급에 맞는 친구로 소윤을 선택했다. 중학교 때부터 착실하게 운영해 어느덧 20만 유튜버로 떡상한 '유니럽'이 소윤의 부캐였기 때문이다. 소윤에겐 그저 간택만이 존재할 뿐 선택의 기로란 없었다.

"얼른 안 가고 뭐 해? 지각하겠다!"

"나 이번에도 지각하면 벌점 장난 아니란 말이야. 담임이 진짜 벼르고 있어. 빨리 가자, 세진아."

세진은 소윤과 정아의 채근에 못마땅한 표정을 지으며 걸음을 뗐다.

엊저녁 보다 만 재미없는 드라마 얘기며, 학원에서 있었던 시답잖은 이야기, 친하지도 않은 같은 반 아이의 괜한 뒷담화 같은 대화가 꼬리에 꼬리를 물고 이어졌다. 어떤 건 한 귀로 듣고 흘리고, 어떤 건 약간의 흥미를 일으키기도 했다. 정아는 꼭 말을 그만두면 죽을 것처럼 쉴 새 없이 떠들어 댔다. 소윤은 중간중간 세진의 날카로운 눈빛과 마주칠 때면 덜컹거리는 버스 뒷좌석에 앉은 것처럼 멀미가 느껴졌다.

버스 정류장에 이르자 몇몇 아이들이 소윤에게 시선을 돌리며 웅성거렸다. 머리끝부터 발끝까지 노골적으로 훑는 아이도 있었다. 처음 겪는 일도 아니기에 소윤은 그런 아이들을 투명 인간 취급했다. 그러나 심기가 불편해진 세진이 칼날 같은 시선으로 응수하자 아이들의 눈빛 공격은 금세 사그라들었다.

학교로 가는 73번 버스가 모습을 드러낼 때쯤이었다. 후드 티를 푹 뒤집어쓴 이현과 친구들 무리가 저만치에서 걸어오자, 다시 여자애들이 호들갑을 피우기 시작했다. 소윤이 얼른 고개를 수그리며 시선을 피했으나, 이현은 이 시그널의 의미를 대놓고 무시했다.

"안녕, 지소윤!"

이제 빼도 박도 못하게 생겼다. 소윤은 어금니를 꽉 깨물었다. 등 뒤에 꽂히는 화살 같은 눈초리를 애써 모른 척하며 버스에 올라탔다. 가장 높은 뒷자리는 오히려 더 얼굴이 잘 보이는 꼴이 되므로 패스. 그 앞자리에 둥지를 틀고 창문을 열었다. 체할 것 같던 기분이 뻥 뚫리는 것도 잠시, 옆에 앉은 세진이 어깨에 체중을 실으며 소윤에게 압박을 가했다.

"뭐냐, 너희 둘?"

네 입으로 술술 불어라 하는 무언의 압박감이 소윤을 짓눌렀다. 셋 사이에 흐르는 무거운 공기에 촐싹대길 좋아하는 정아도 입을 다문 채 바쁘게 눈치만 살폈다. 팔자 좋게 헤드폰을 끼고 앞에 선 이현을 소윤은 원망스레 바라봤다.

"그게…… 이현이 어제 비밀 계정으로 내 인스타 선팔했더라고. 그게 다야."

"야! 진짜야? 제이엠 엔터 연생 이현이 널 먼저? 걔, 비계 팔로잉 수 삼십 명도 안 되는데? 완전 찢었네, 지소윤!"

정아의 침이 소윤의 치맛자락에까지 튀었다.

"맞팔했어, 너?"

"뭐, 일단은 예의상 나도 하긴 했어."

세진은 여전히 싸늘한 표정이었다. 그도 그럴 것이 이현에게 맞팔 신청을 했다가 까인 경험이 있었기 때문이었다.

"네가 디엠이라도 보냈어?"

"내가? 귀찮게 굳이 왜 그런 짓을 해?"

"그런데 이현이 널 먼저 팔로우했다고? 그게 말이 돼?"

세진의 언성이 높아졌다. 화가 났다는 명백한 태도였다.

"뭐, 못 믿겠으면 보여 줘? 자!"

사실을 확인한 세진의 눈이 이글이글 불타올랐다. 이런 시기와 질투를 받는 게 소윤은 퍽 억울했다. 정말이지 이현의 눈에 띄기 위해서 아무런 액션도 취하지 않았기 때문이었다. 인기라면 소윤도 남부럽지 않았다. 아직 고등학생 신분이지만 유튜버가 된 이후로 경제적으로 부족함 없이 벌어들였다. 모르긴 몰라도 20대 초반 대학생이 쓸 법한 용돈 이상은 충분히 넘을 액수였다.

유니럽 유튜브의 인기에 힘입어서 인스타 팔로워도 10만을 훌쩍 넘어섰다. 인기 인플루언서의 삶은 주변에서 가만히 놔두질 않는다. 온갖 브랜드의 옷이며 운동화, 화장품, 다이어트 보조제, 액세서리 제품을 협찬해 주겠다는 제의와 광고 디엠이 하루에도 수십 개씩 쏟아져 들어온다. 그중에서 눈에 띄는 것 몇 개를 골라서 써 보고 예쁘게 사진을 찍어서 올리기만 하면 통장에 착착 돈이 입금되었다. 남은 것들은 세진이나 정아 같은 친구들에게 선심 쓰듯 뿌렸다. 돈도 벌고 인기도 얻고 그야말로 일거양득으로, 소윤에겐 손해 볼 게 없는 장사였다.

'다른 아이들이라면 모를까, 내가 뭐가 아쉬워서?'

소윤도 자신을 향한 이현의 관심을 한 다리 건너 들었다. 중학교 때라면 몰라도 지금은 그 관심이 그렇게까지 기쁘지 않았다. 몇 년을 죽어라 연습생으로 노력한들 데뷔의 기회가 모두에게 공평하게 열리는 것은 아니다. 우여곡절 끝에 데뷔해도 대형 기획사가 아닌 이상 음방 기회 한 번 잡기 힘들고, 월마다 쏟아지는 타 아이돌 그룹들과의 피 튀기는 경쟁에서 낙오되면 얼마 못 가 망돌 테크 타서 소리 소문 없이 사라지는 건 흔한 일이었다.

물론 이현 정도의 외모와 피지컬이 흔하지 않은 건 사실이었다. 게다가 작년에 있었던 한 오디션 프로그램에서 나쁘지 않은 최종 성적을 거둔 이후, 이현은 줄곧 많은 여자 팬들의 지지도 받았다. 하지만 모두가 셀럽이 되고 싶어 안달이 난 무한 경쟁의 시대에 이미 소윤은 안정적인 유튜버의 길을 걷고 있었다. 미래가 불투명한 아이돌 연생에게 디엠 하나 받았다고 좋아 죽겠네 하면서 밤잠 설치고 그럴 군번은 아니라는 것이었다.

학교 앞까지 가는 내내 소윤은 세진에게서 뿜어 나오는 냉기를 견뎌 내야 했다. 툭툭 내뱉는 뾰족한 말에 머리가 쭈뼛 곤두섰지만 무신경한 척했다. 따지고 보면 세진을 만난 순간부터 늘 있어 왔던 일이었다. 내키지 않았음에도 친구 하자고 내민 손을 거절하지 못하고 잡은 건 세진이 일진이었기 때문이었다. 같이 어울리면 귀찮은 일이 줄어드는 약간의 장점도 있었다.

쉬는 시간 고작 몇 분 안에 인맥 찬스로 편의점 인기 상품을 품절 없이 맛볼 수 있는 점, 맛있는 급식 반찬을 원 없이 리필하는 것, 짝이 마음에 안 들면 눈빛 한 번만으로 보내 버릴 수 있다는 것 말이다. 하지만 사소한 혜택은 시간이 지날수록 퇴색했다. 오히려 장점보단 단점이 더 많았다.

학교에서 무슨 사건이 터지면 교사들에게 맨 먼저 의심받는 용의자 1순위인 점, 눈앞에서 벌어지는 은근한 협박과 티 안 나는 폭력의 동조자가 돼 있어 더러운 기분은 덤인 점, 분명 내 소지품임에도 불구하고 어느새 모두의 공유 아이템이 된 걸 감수해야 한다는 점 등 득보다 실이 많았다. 무엇보다도 언제 다혈질 일진 친구의 심기를 건드릴지 몰라 늘 살얼음판을 걷는다는 게 가장 큰 스트레스였다. 바로 지금처럼.

세진은 소윤의 인기를 다른 아이들처럼 대놓고 부러워하지 않았다. 조롱의 눈빛으로 쓴소리를 툭 내뱉으면서 경계했다. 봤지? 나한테 얘는 이 정도 취급밖에 안 된다는 은근한 과시였다. 소윤은 될 대로 되라는 식이었다. 오히려 그런 태도가 '가끔은' 인기에 취해 구름 위에 붕붕 떠 있는 자신에게 바닥에 닿는 현실감을 주었으니까.

소윤에게는 가장 가까운 곳으로부터 오는 지독한 무관심을 버티기 위한 최선의 방법이 유튜버였다. 그런 개인적이면서도 허접한 이유로 시작했다. 그런데 막상 관심받고 인기까지 따라오는 것, 그에 따른 결과까지 오롯이 감당해야 하는 건 열여덟 살에게는 미처 예상치 못한 시련이었다.

2.
질투는 나의 힘

운동장 가장자리 끝, 철봉 옆 벤치 눈에 띄지 않는 구석에 소윤이 있었다. 급식을 건너뛰고 대충 빵과 우유를 챙겨서 뛰쳐나온 터라 아직 운동장은 조용했다. 온기 적당한 햇살이 머리카락을 어루만졌고, 가로수 잎사귀를 흔들며 지나가는 봄바람이 허전한 옆구리를 기분 좋게 간지럽혔다. 주렁주렁 친구들을 달지 않고 혼자 앉아 있는 모처럼의 자유였지만, 마음은 이래저래 복잡했다.

'박세진을 건드렸으니 앞으로 진짜 가시밭길각이네.'

소윤은 작은 한숨을 토해 내며 오늘따라 유난히 퍽퍽한 빵을 꾸역꾸역 씹어 삼켰다. 화단에 홀씨가 다 날아가 버리고 대만 남은 민들레가 보였다. 비틀비틀 바람에 위태롭게 흔들리는 모습이 어쩐지 지금의 자신 같아 보였다.

소윤은 무릎 위에 올려놓은 휴대폰을 스르륵 밀어서 잠금 해

제하고는 유튜브를 켰다. 어제 올린 브이로그 반응이 궁금했다. 아침에 오자마자 휴대폰을 걷는 건 가온고 학생에게는 형식적인 일이었다. 하지만 소윤은 몰래 숨겨 둔 예비 폰으로 틈만 나면 댓글을 관찰했다. 유튜버인 소윤에게는 관심은 곧 돈이었다. 돈은 끊을 수 없는 집착을 낳고, 집착은 착실하게 커지는 눈덩이처럼 불안을 키웠다. 21만 명의 '러빙이'들이 주는 기쁨보다 단 열 명의 구독 취소가 주는 두려움이 소윤을 더 쉽사리 압도했다. 내가 뭘 잘못했나? 누군가의 마음을 불편하게 했나? 꼬리에 꼬리를 무는 조바심에 시달렸다. 유튜브 채널은 그렇게 양날의 검처럼 어마어마한 파괴력을 지녔다. 그럼에도 이 아슬아슬한 줄타기를 소윤은 포기할 수 없었다.

핑크빛 동글동글한 폰트의 '봄맞이 새 학기 루틴, 나랑 같이 겟 레디 윗 미?', 브이로그의 현재 스코어는 좋아요 1.1k, 조회 수 13,785회. 나쁘지 않은 반응이었다. 그러나 소윤은 굳은 얼굴로 댓글 창으로 곧장 눈을 내렸다.

- 아침 생얼 실화니, 유니럽 님 존예

- 새벽부터 부지런히 갓생 사네. 좋은 영향 마니 받고 가용!

- 유니럽 언니는 진짜 내 추구미 그 잡채! 언니의 러빙이라서 햄복햄!

댓글들에 입꼬리에 슬며시 미소가 걸릴 때쯤이었다.

– 이런 거짓된 인생 언제까지 꾸며 낼 거임?
  사람들이 실체를 알아야 하는데.ㅋㅋ

불쑥, 튀어나온 댓글이 폭탄처럼 가슴을 터트렸다. 겨드랑이에선 땀이 솟구치고 입안이 순식간에 모래 알갱이를 머금은 듯이 까끌까끌하고 텁텁했다.

sse_girl0303

작은 아이디가 돋보기로 확대한 것처럼 시야를 가득 채웠다. 우연 같았지만, '03'은 세진의 휴대폰 번호 뒷자리와 일치했다. 거기에 두 번 반복된 숫자의 불일치성에도 불구하고 소윤의 불안감은 이미 마음껏 상상의 나래를 펼치는 중이었다. 댓글을 올린 시각은 대략 1교시 수업이 끝난 즈음이었다. 생각해 보면 세진은 소윤이 유튜브 영상을 올릴 때도 다른 애들과는 달리 늘 시큰둥한 반응이었다. 소윤은 콘텐츠각이다 싶으면 어디서나 휴대폰으로 촬영을 했다.

"그런 거 왜 해? 그냥 좀 편하게 놀지, 불편하게."

"어쩔 수 없잖아. 크리에이터인데 이 정도 불편은 감수해야지 어쩌겠어?"

애써 웃으며 무심하게 넘겨들으려고 해도 비꼬듯 던지는 핀잔이 가시처럼 콕 박혔다. 딱히 좋지도 싫지도, 그렇다고 널 응원하지도 않겠다는 태도로 세진은 늘 일관했다. 소윤이 보기엔 무관심을 방패 삼은 얄팍한 질투였다. 물증은 없지만, 심증이 확실하게 세진을 가리켰다. 따사로운 햇살 아래서 따끈하게 데워졌지만, 가슴 한편에는 매섭도록 찬 바람이 들이닥쳤다.

"박세진 진짜 유치해서 정말. 나한테 너 같은 방해물이 어디 한둘인 줄 아니? 그렇담 보란 듯이 더 잘나가 줄게!"

분한 마음을 곱씹던 찰나, 귀를 찢는 웃음소리가 들렸다. 벤치 건너편 플라타너스 아래에서 세진이 호탕한 웃음을 뽐내는 중이었다. 호랑이도 제 말 하면 온다더니, 소윤은 아랫입술을 깨물며 세진을 노려봤다.

목덜미에 달라붙은 머리칼을 떨어내느라 고개를 돌린 세진과 눈이 마주쳤다. 아침 등굣길부터 내내 냉전 중이던 두 사람이었다. 못 본 척할 법도 한데, 세진은 비릿한 미소를 흘리며 소윤이 있는 곳으로 찬찬히 걸어왔다. 절절매는 듯한 정아의 표정과는 사뭇 대조적이었다.

"소윤아! 어디 갔었어? 안 그래도 너 찾았는데! 이거 먹어!"

전쟁의 불씨를 예감이라도 한 듯 정아는 높은 목소리 톤으로 소윤의 손에 신상 초코우유를 쥐여 주었다. '이 뇌물을 봐서라도 조용히 지나가 주겠니?' 하는 정아의 애원하는 눈빛을 무시하며 소윤이 쏘아붙였다.

"야, 나 다이어트 중인 거 몰라? 그리고 너흰 맨날 뭐가 그렇게 즐거워?"

"왜? 내가 즐거운 게 꼬운가 봐?"

"어, 너도 내가 잘나가는 게 못마땅하잖아."

"지소윤, 왜 밥 잘 먹고 헛소리야?"

"나 밥 안 먹었거든! 내 유튜브에 댓글로 어그로 끈 거 시치미 떼지 마!"

"이젠 밥 안 먹고도 헛소리 잘하네?"

"앗, 어쩐지 안 보이더라니! 소윤아, 너 어디 아픈 건 아니지?"

정아가 둘 사이에 다시금 끼어들었으나 싸움의 열기를 가라앉히기엔 역부족이었다.

"아프지, 가슴이! 믿었던 친구가 내 뒷담을 깠으니. 설마 아침에 이현이 날 팔로우한 게 그렇게 미웠어?"

금기어의 등장에 세진의 눈빛이 한층 날카롭게 빛났다.

"야, 무슨 말 하는 거야? 빙빙 돌리지 말고 똑바로 말해!"

"인제 와서 나한테 핑계 대지 마! 너, 나 싫어하잖아. 내가 모를까 봐?"

"얘, 얘들아, 너희 뭔가 오해가 있는 것 같은데…… 그만 싸우고 이제 화해를……."

"넌 좀 빠져!!"

동시에 터져 나온 날 선 외침에 놀란 정아가 한 발짝 뒤로 물러섰다.

"어이구, 우리 슈퍼 인플루언서님, 피해망상 한번 대단하시네."

세진이 입꼬리를 비죽 올리며 조롱했다.

'그래, 그렇게 추잡한 본색을 드러내라고!'

소윤은 기저에서 끓어오르는 분노를 꾹꾹 누르며 대꾸했다.

"그렇게 만든 게 누군데!"

"어쩌냐? 나였으면 좋았을 텐데 네 소원이 안 이뤄져서. 너만 혼자 이 세상 프린세스고 나머지는 다들 네 시녀 같아 보이나 본데, 너 진짜 그거 병이다. 친구 하나 없이 고독사하기 싫으면 빨리 고쳐."

세진의 표정이 돌연 굳어졌다. 그림자처럼 가늘게 뜬 눈동자 사이에 경멸이 도사렸다. 더는 대꾸할 가치도 없다는 하찮음과 퍽 안됐다는 미세한 동정은 덤이었다. 소윤의 뺨이 화끈거렸다.

"너, 그 말에 책임질 수 있어? 네가 한 짓이 맞으면 그땐 어떡할 건데?"

"어휴, 넌 진짜 이상한 데 목숨을 다 건다. 평생 그렇게 피곤하게 살아라. 가자, 이정아!"

세진은 정아의 팔을 완력으로 잡아끌더니 그대로 뒤돌아 걸어갔다. 전담을 피운 직후도 아니면서 요란하게 가래침까지 뱉었다. 마치 더럽고 재수 없는 꼴 다 보겠네, 하는 시선으로 소윤을 흘긋 보면서.

그 화룡점정의 마무리에 소윤은 분노가 맥스까지 치솟았다. 손아귀에 쥔 초코우유 팩에 힘을 주자 금방이라도 터질 듯이 구겨졌다. 패키지에 그려진 만화 캐릭터가 너무도 해맑아서 짜증이 더 났다. 이대로 두고만 볼 수 없다는 생각보다 행동이 본능적으로 앞섰다. 어느새 초코우유 팩은 짧은 포물선을 그리며 공중을 날고 있었다.

퍽!

목표물인 세진을 향해 날아가던 우유 팩은 엉뚱한 타깃의 머리에 명중하며 터지고 말았다. 검은색 커트 머리 위로 갈색 초코 우유가 주르륵 흘러내렸다. 한동안 모두가 말을 잃었다.

타깃이 천천히 뒤를 돌았다. 소윤과 같은 2학년 3반, 반장 서이삭이었다.

"누구야?"

그 와중에도 놀랄 만큼 차분한 목소리였다. 아이들의 시선이 소윤에게로 날아와 꽂혔다. 무섭고, 창피하고, 어쩐지 안도하는 감정들이 한데 뒤섞여 몸이 굳었다. 소윤은 바싹 타는 입술을 혀로 날름 적셨다.

"하하하하……. 너한테 던지려던 게 아니었는데, 미안…… 정말 미안해!"

소윤은 애니메이션 속 미소녀처럼 두 손을 합장하며 한없이 귀엽고 미안한 표정을 지어 보였다. 동성보다는 이성에게 잘 먹히는 필승 기믹이라고나 할까? 다수의 이성은 보통 이 단계에서 호의적인 웃음을 지었으나, 서이삭은 달랐다.

"사과는 됐고, 어떡할 건데?"

차갑게 돌아오는 답변에 소윤이 이삭을 빤히 보았다.

"뭘? 어떻게 하다니……?"

예감이 안 좋았다. 오다가다 들은 이삭의 평판이 뒤늦게 머리를 스쳐 지나갔다. 소시오패스, 냉혈 인간, 싸가지를 밥 말아 먹었다 따위의 무시무시한 소문들……. 다음 수가 도통 떠오르지 않았다. 이삭의 머리에서 우유가 뚝 마지막 방울을 떨궜다.

"됐고! 세탁비 내놔, 지소윤."

3.
슬픔을 지우려다가 그만

5월 8일은 어버이날이면서 동시에 석중의 생일이었다. 작년에도, 그 전해에도, 이날을 맞이하는 집 안의 공기는 늘 비슷하게 차분하고 차디찬 색을 띠었다.

해마다 반복되면서도 여전히 익숙해지지 않는 날이지만, 소윤은 무거운 몸을 일으켰다. 숨을 곳도 피할 곳도 없었다. 책상 위에 올려 둔 쇼핑백을 집어 들고 방을 나왔다.

거실 유리창으로 이제 막 떠오른 볕이 주방을 환히 밝혔다. 아침부터 엄마는 분주하게 아침을 준비하는 중이었다. 국을 데우고, 고기를 굽고, 신선한 채소와 과일로 샐러드를 만들었다. 잡지에나 나올 것 같은 푸짐하고 근사한 한 상 차림이지만, 그뿐이었다. 어떤 설렘도 온기도 느껴지지 않았다. 엄마의 동작은 매뉴얼처럼 기계적이었고 감정은 무색무취였다. 달그락달그락 식기들이 내는 무심한 소음이 소윤의 신경을 파고들었다. 이내 냄비가 끓고 군침을 돌게 하는 냄새가 주방을 가득 채웠지만, 소윤은 있던 식욕도 달아나게 만드는 긴장감에 자신을 내버렸다. 엄마의 조용한 동선을 말없이 바라보며 쇼핑백 끈을 만지작거렸다. 소윤이 있음을 빤히 알면서도 엄마는 아무 말이 없었다.

잠시 후, 출근 준비를 마친 아빠가 방에서 나왔다. 아빠는 상차림을 잠시 물끄러미 바라보더니 조용히 현관문으로 향했다.

"당신, 아침 안 먹어요?"

"어제 늦게까지 회식했잖아. 술병 나서 아무것도 못 먹어."

"그래요, 그럼."

대화는 그게 전부였다. 서로를 걱정하는 잔소리도 다정한 인사말도 없었다. 그러나 누구도 아쉬워하지 않았다. 철컥, 하고 현관문이 닫혔다.

"앉아서 아침 먹어라."

눈길 한번 없이 엄마가 무표정으로 말했다. 소윤은 조심스레 의자를 잡아 빼고 자리에 앉았다. 대각선 석중의 자리에 먼저 밥그릇과 국그릇이 놓였다. 소윤은 슬그머니 카네이션 꽃바구니와 쇼핑백을 식탁 위에 올려놨다.

"엄마, 이거 내가 준비한 어버이날 선물이야. 아빠는 이따 퇴근하면 줘야겠다."

고급스러운 광택의 쇼핑백에는 작은 은색 리본이 달려 있었다. 명품 브랜드 태그는 일부러 잘라 내지 않았다. 아예 가격표를 달고 줄 수는 없었지만, 그래도 뭔가 티는 내고 싶었다. 그리고 한 글자 한 문장, 고민을 거듭하며 쓴 카드도 넣어 두었다. 엄마는 쇼핑백을 쓱 쳐다보더니 조심스레 포장된 선물을 꺼냈다. 자주색 실크 스카프와 카네이션 꽃다발. 감흥 없는 눈빛이었으나, 손끝으로 스카프를 살짝 문지르는 행동만으로도 소윤은 왠지 모를 뿌듯함이 차올랐다.

"……이런 건 뭐 하러 사. 네가 돈이 어디 있다고."

고맙다는 말은 없었다. 이제는 당연해졌지만, 여전히 익숙하지 않은 무언가가 가슴 깊숙한 곳을 콕 찌르며 건드렸다.

"내가 저번에 얘기했잖아. 나 유튜버 구독자들 꽤 많아. 내 콘텐츠로 광고 협찬도 제법 받고, 용돈도 벌잖아. 이거 엄마가 좋아하는 브랜드 맞지? 저번에 옷장에 있는 거 봤어. 색깔 예쁘지? 내가 얼마나 꼼꼼하게 따져 고른 건지 알아? 덕분에 명품 매장도 처음 가 봤어. 봐 봐, 이 색깔, 엄마한테 너무 딱이다! 잘 어울려!"

소윤은 텐션을 최대치로 끌어 올리며 호들갑을 부려 봤다. 엄마 입꼬리에 살포시 한 줌의 미소라도 걸리면 자신이 한 노력이 수포로 돌아가진 않겠다는 생각이었다.

"어차피 이런 거 매고 나갈 데도 없는데."

엄마의 마지막 한마디는 소윤의 기대를 산산이 무너트렸다. 그저 밥 먹으란 말뿐이었다. 소윤은 애써 아무렇지 않은 표정을 지으며 숟가락을 들었다.

'이럴 거 알았잖아. 바보같이 뭘 기대한 거야?'

비집고 나오는 눈물을 반찬 삼아 꾸역꾸역 밥을 삼켰다. 엄마는 석중이 세상에 있었던 그때와는 다른 사람이라는 걸 인정해야 하는데 쉽지 않았다. 늘 어려웠다. 말수가 줄었고, 언제부턴가 소윤을 부를 땐 꼭 한 박자 늦게 말했다. 엄마의 잔소리가, 핀잔이, 고음의 음색이 문득문득 그리웠다.

애써 서로를 모른 척 바쁜 척하는 어설픈 동작들 너머로, 여전히 가닿지도 전해지지도 못하는 두껍고 단단한 벽이 있었다. 어버이날, 자식을 잃은 부모의 마음은 어떤 건지 소윤은 감히 가늠조차 어려웠다. 하지만 가끔은 그 슬픔의 깊이를 알지 못하는 맏딸로서의 자신이 억울하고, 분했다. 소윤 또한 동생을 잃은 누나로서의 슬픔이 있었기에. 하지만 그렇게 자기 연민에 빠지다가도 결국엔 슬픔을 재고 따지는 자신이 너무 형편없다고 생각했다.

이젠 아무것도 기대하지 않아야 속이 편하다는 걸, 수십 번쯤 스스로 되뇌었는데도 마음은 아직 단단해지지 못한 것 같았다.

부풀다가도 끝내 마음 끝에서 맺히다 못해 터지고 가라앉는 것들을 소윤은 그냥 말없이 지켜봐야 했다.

가방을 들고 집을 나섰다. 도어 록의 삐 소리가 텅 빈 계단에 메아리처럼 울렸다. 헛배만 더부룩하게 부른 소윤은 머릿속에 차오르는 말을 꿀꺽 삼켰다.

'아직도 내가 미워?'

소윤에게 이 서운함은 도저히 무던해지지 않는 복습이었다.

"뭐야, 그 미소는? 아침부터 좋은 일 있냐?"

울상으로 있으면 진짜 눈물이라도 날까 봐 억지 미소를 짓고 있는 건데, 정아는 눈치도 없이 기어코 물었다.

"좋은 일이 있으면 좋을 것 같아서 일부러 힘겹게 웃는 중."

"그러니까 너희 빨리 화해해야지."

정아가 말끝을 흐렸다. 세진과는 여전히 냉전 중이었다. 어느 한쪽 먼저 사과는커녕 서로를 투명 인간 취급하던 터였다. 세진과 초등학교 때부터 알고 지낸 정아는 세진을 배신할 수 없었다. 그렇기에 세진이 자리를 비운 틈에만 게릴라처럼 나타나서 잽싸게 안부를 물었다. 이내 뒷문으로 들어오는 세진의 모습에 정아는 언제 그랬냐는 듯이 자취를 감췄다.

점심시간이 막 끝나 갈 무렵이라 그런지, 아이들은 더 기를 쓰고 떠들어 댔다. 몇몇은 자리에 앉아 과자를 한 움큼 집어 먹으며 허기를 채웠고, 핸드폰을 꺼내 못 봤던 릴스 따위를 부질없이 눈팅했다. 창문 틈으로 흘러든 바람이 커튼을 나른하게 흔들고 있었다. 무기력하게 책상에 엎어졌다가 소윤은 다시 자세를 고쳐 앉았다.

"그래, 놀면 뭐 해. 괜히 기분만 더 우울하지."

창턱에 삼각대를 세우고 예비 폰을 고정했다. 숨을 고르고는, 밝은 표정을 지었다. 터치 몇 번으로 라이브 방송을 켰다. 이내 심심하고 무료한 시청자들이 하나둘씩 들어오기 시작했다.

"점심 먹고 졸리기도 하고 재미도 없고 그래서 지금 교실에서 잠깐 켰어요. 우리 러빙이들, 다들 점심 잘 먹었지? 뭐 하고 있었어요?"

필터 효과로 소윤은 얼굴이 말갛고 뽀얀 생기 어린 모습이었다. 슬픔 가득했던 아침의 모습과는 거리가 멀어 보였다. 댓글 창이 빠르게 올라갔다.

- 헐, 실시간?
- 유니럽 오늘도 예쁨 폭발 미쳤다!

- 교실 콘텐츠 개꿀 예상ㅋㅋㅋ

빤하디빤한 댓글들을 지켜보며 소윤은 하나 마나 한 말들을 두서없이 지껄였다. 괜히 켰나 싶은 마음과 그래도 팬 관리 서비스는 해야지 하는 마음이 갈팡질팡하던 찰나, 귀에 익은 목소리가 뒤통수에 꽂혔다.

"지소윤, 뭐 하냐, 너? 촬영 허락은 받았냐?"

서이삭이었다. 검정 반팔 티 위에 교복 셔츠를 느슨하게 걸친 이삭은 팔짱을 끼고 서 있었다. 표정은 딱딱했고 눈빛은 유난히 싸늘했다. 소윤은 피식 웃으며 고개를 돌렸다.

"뭐래."

"지금 네 라방에 내 얼굴까지 나오잖아! 빨리 끄라고! 초상권 침해 몰라?"

의도한 바는 아니었으나 카메라 각도 때문인지 화면 귀퉁이에 이삭의 얼굴이 빼꼼 나오고 있었다. 소윤은 뭐 얼마나 대단한 분이라고 뭐 어쩌라고 싶은 오기가 기어 나왔다.

"아, 진짜 별것 아닌 거 갖고 난리야. 하여간 분위기 깨는 데 뭐 있네. 러빙이들, 미안."

- 저 까칠남 누구냐?ㅋㅋㅋㅋ

- 안경 냉미남 재질이다.

- 하이틴 드라마 하나 뚝딱이네. 나 모솔인데 설레게 하지 마.ㅠ

- 유니럽이랑 티키타카 완전 좋다!

"반장인데 원래 좀 눈치도 없고 깨. 아무도 신경 안 쓰는데 혼자 까칠하다니까?"

실시간 시청자는 어느새 300명을 넘어섰다. 이삭을 향해 반응이 터져 나왔다.

인정하긴 싫지만, 솔직히 서이삭의 외모는 나쁘지 않았다. 입만 열면 싸가지가 없어서 그렇지, 흰 피부엔 여드름 하나 없고 객관적으로 봐도 나름대로 준수한 외모였다.

"꺼. 학교 규정 위반이야."

"싫거든! 이거 내 계정, 내 시청자, 내 방송이야. 너랑 무슨 상관인데!"

"내가 나오는 게 싫다고!"

"아, 그럼 네가 다른 데로 가면 되잖아! 왜 시비야?"

소윤은 시선을 피하지 않고 언성을 높였다. 이삭이 한 걸음 앞으로 다가왔다. 냉기 어린 눈빛으로 소윤을 째려봤다. 워낙 키가 커서 그런지 일순간이지만 소윤의 얼굴에 그늘이 졌다. 댓글 창이 폭주하듯 빠르게 올라갔다. 소윤은 무섭긴커녕 짜릿했다. 이것이 바로 인기 있는 콘텐츠의 비결이니까.

'오히려 좀 도발해 볼까?'

소윤은 혀를 살짝 내밀고는 얄밉게 얼굴을 들이밀었다.

"나한테 손대기만 해 봐. 그땐 나도 가만 안 있어."

"그래?"

서이삭의 긴 팔이 소윤의 얼굴을 가로질렀다. 잽싸게 휴대폰을 움켜쥐는 서이삭을 막으려고 소윤도 팔을 뻗었지만 역부족이었다. 고성이 오가면서 두 사람의 팔이 허공에서 엉켰다.

"내놓으라고!!"

소윤이 손톱을 세우며 달려들었지만, 불행히도 스텝을 삐끗하면서 목표물이 아닌 이삭의 가슴팍에 머리만 부딪치고 말았다. 재빨리 몸을 떼려고 했지만, 설상가상으로 머리카락이 셔츠 단추에 걸리기까지 했다. 낑낑대며 풀려고 할수록 점점 더 꼬이기만 했다.

"너 지금 뭐 하는 거야? 이거 빨리 빼라고!"

"누가 할 소리! 그쪽이 나한테 와서 넘어져 놓고선 웬 책임 전가임?"

이삭의 큰소리에 소윤은 교실 한가운데에서 무방비로 맨몸이 된 기분이었다. 머리가 엉켜서 엉망인 틈에도 누군가 뒤를 돌아보는 모습이며, 웃음을 흘리는 것들이 눈에 들어오니 미칠 지경이었다. 동물원 원숭이도 자기보다 나을 듯싶었다. 이렇게 미운 짓에 미운 말만 골라서 하는 반장 놈하고 우스꽝스럽게 얽히다니, 수치스러웠다. 겨우 머리카락을 풀어낸 순간, 이삭의 손에 들린 삼각대가 떨어지고 있는 게 슬로 모션으로 보였다.

"안 돼!"

소윤의 외침과 동시에 휴대폰은 1차로 탁자 모서리에 부딪히고 2차로 바닥으로 내동댕이쳐졌다. 액정은 거미줄 같은 실금을 남기고 깨져 버렸다. 정적이 흘렀다. 느낌 탓인지 댓글 창은 더 빠르게 치솟았다. 아무리 프로 유튜버라도 더 이상의 진행은 무리였다. 소윤은 방송을 강제 종료했다. 평정심을 유지하는 이삭에게 분노가 일었다.

"너 진짜 최악인 거 알지?"

"쌍방 잘못인 거 알지? 이걸로 저번 내 세탁비랑 쌤쌤."

말을 던지고 이삭은 교실을 나가 버렸다. 소윤은 뒤통수를 세게 얻어맞은 것 같았다.

'이게 내가 초코우유 맞힌 것에 대한 복수였단 말이야?'

　교실의 서늘한 공기가 자신을 밀어 내는 듯한 이물감이 느껴졌다. 소윤은 다리에 힘이 풀려서 그 자리에 쭈그려 앉았다. 깨진 휴대폰의 블랙 미러 속에 흐릿하게 제 얼굴이 비쳤다. 정말 최악이었다.

4.

원수는 외다무다리에서

학교나 회사에 가지 않는 사람들이 아직 늦잠을 자거나 카페에 앉아 커피잔을 비우며 여유를 누리는 시간인지 토요일 오전의 거리는 한산했다. 소윤은 하릴없이 무작정 거리를 걸었다. 목적지도 없이 그저 발길 닿는 대로 움직였다. 맑게 갠 하늘과 상쾌한 공기, 적당히 따사로운 햇살이 무심하게 정수리를 데웠지만, 소윤의 시야에는 그저 무색무취한 세상처럼 비쳤다.

따지고 보면 주말이라고 부모님과 집에 함께 있는 적이 거의 없었다. 집이 주는 고요한 안락함은 소윤에게는 숨 막힐 것 같은 무거운 정적이었다. 금세라도 금이 깨질 듯한 살얼음 낀 호수 같은 집을 벗어나면 그제야 숨통이 트였다. 그렇지만 이번에도 도망쳤다는 자신에 대한 실망감에 마음 편히 놀지도 못했다. 친구들에 둘러싸여 있어도, 목청이 터져라 웃어도 속이 텅 빈 껍데기 같았다.

유니럽 채널이며 인스타며 서이삭과 벌였던 라이브 영상에 대한 댓글이 여전히 올라왔다. 재밌었다는 둥, 간만에 도파민 파티였다는 둥, 둘이 그다음에 어떻게 됐냐는 둥 사람들의 궁금증이 홍수처럼 밀려왔지만, 대꾸할 기분이 아니었다.

소윤에게 5월이란 동생의 부재를 더 또렷하게 각인시키는, 유난히 더 잔인하고 가혹한 계절이었다. 그 영향력 때문에 갑자기 모든 게 다 귀찮고 지겨웠다. 자기만의 방식의 애도로 우울함을 감당했는데, 갑자기 튀어나온 서이삭 때문에 그 흐름이 깨졌다. 소윤은 액정에 금이 간 휴대폰을 쳐다보며 아랫입술을 질끈 깨물었다.

"두고 봐. 내가 꼭 복수할 거니까!"

꼬르륵. 소윤은 복수하려면 배부터 든든히 채우자며 앞에 보이는 편의점으로 들어갔다. 한참을 서성이다가 단백질 초코바 하나를 집어 들었다. 사람들에게 보이는 게 직업인 유튜버는 허기짐 앞에서도 냉정함을 찾아야 한다. 뚱뚱하거나 피부 트러블이 생긴다면 자기 관리에 실패했다면서 또 다른 유튜버를 찾아갈 것이다. 열여덟 살의 나이에는 호르몬의 작용으로 외모에 쉽게 변화가 생길 수 있다는 사실도 댓글러에겐 게으른 변명으로 보일 뿐이다. 내가 이만큼 후원했으니 지적할 권리가 있다고 생각하는 뻔뻔한 사람들에게 논리적 설명은 먹히지 않는 걸 소윤도 이미 경험해서 알고 있었다. 차라리 영혼 없는 '예뻐요'가 주는 쾌감은 얼마나 짜릿한지. 그런 걸 떠올리면 폭풍 같은 식욕도 어느 순간 잠잠하게 가라앉았다.

원 플러스 원으로 산 초코바 하나를 까먹으면서 한참을 걷는데, 작은 쉼터 벤치가 나타났다. 소윤은 잠시 앉았다. 얼마 후, 캐리어를 힘겹게 끌며 할머니 한 분이 이쪽으로 다가왔다. 소윤은 엉덩이를 들어서 최대한 가장자리에 몸을 구겼다. 할머니는 구부정한 등을 펴고 연신 힘 빠진 숨을 토해 내며 소윤의 옆자리에 천천히 주저앉았다. 그러고는 손수건을 꺼내서 목덜미에 송골송골 맺힌 땀을 닦아 냈다.

할머니가 힐끔거리는 게 느껴졌지만, 소윤은 눈을 마주치지 않으려고 모자를 더 푹 눌러쓰고 땅바닥으로 시선을 내리깔았다. 그러자 할머니는 아예 소윤 쪽으로 몸을 틀어 앉았다. 괜히 뭐라도 물어보면 귀찮아진다는 판단이 섰지만, 발길이 서둘러 떨어지지 않았다.

"아휴, 서울 길은 도통 꼬불꼬불 복잡시럽단 말여."

"……."

"노인네라 그런가. 아이고, 일 년에 한 번 오는 것도 무지 되다,

돼.”

소윤이 보든 말든 할머니가 살며시 미소를 지으며 말했다. 검버섯이 핀 할머니의 주름 가득한 손을 보자 이상하게도 경계심이 풀렸다. 할머니는 조심스레 손가락으로 소윤의 어깨를 톡톡 두드리며 물었다.

“학생, 울 손주가 이사했다는데 통 헷갈려서 말이야. 여기 옥류동 이십삼 번지 세모 빌라가 어딘지 좀 알려 줄 수 있나?”

“아, 저도 주소만 봐선 잘 모르는데…… 지도 어플로 한번 봐 드릴게요.”

지도 앱을 켜고 확인한 결과, 여기서 대략 1킬로미터쯤 떨어진 곳이었다. 지도가 가리키는 방향으로 고개를 들어 보니 언덕길이 있었다.

‘할머니가 캐리어까지 끌고 언덕을 넘어가시려면 꽤 힘들 것 같은데 어쩌지?’

소윤이 난감한 표정으로 입술을 잘근잘근 깨물었다.

“왜? 못 찾겠어?”

“음, 아니, 그게 아니라…… 저 위 고개 너머로 조금 걸으셔야 할 것 같아서요. 택시 타기도 좀 애매해서.”

“뭐, 별수 있나. 한숨 돌리고 슬 일어나 봐야지. 우리 손주 녀석

부르면 되긴 하는데, 주말에도 알반지 뭔지 한대서 불편해할까 봐 온다는 말을 안 했거든.”

할머니의 얼굴에 고단함과 안쓰러움이 켜켜이 묻어났지만, 곧 만날 가족 생각 때문인지 환하게 빛나고 있었다. 손주를 생각하는 할머니의 애틋한 마음이 전해져서 소윤은 가슴이 저릿했다. 저런 마음을 느껴 본 게 언제가 마지막이었더라, 가물가물한 기억이 못내 아쉬웠다.

“아, 네……. 저, 괜찮으시면 제가 모셔다드릴까요?”

“정말? 아니, 나야 그럼 고마운데, 학생 바쁜 거 아니야?”

“아뇨, 하나도 안 바빠요! 아, 할머니, 가기 전에 이거 하나 드실래요?”

소윤은 주머니를 뒤져서 아까 산 나머지 초코바를 건넸다.

“달달한 것 드시면서 좀 쉬었다 걸어요!”

할머니는 어리둥절한 표정을 지으면서도 입가에 아이 같은 미소를 머금었다.

“요즘 애들은 다들 바쁘고 피곤해서 나 같은 늙은이하고는 말도 안 섞으려고 하는데. 어쩜 우리 학생은 얼굴도 예쁘고 마음씨도 곱네! 잘 먹을게!”

할머니가 마지막 한 입을 드실 때까지 소윤은 어정쩡한 얼굴로 맞장구를 친다든지 애매한 웃음을 지으며 떠듬떠듬 대화를 이어 갔다. 그런데 생각보다 어색하지 않은 게 스스로도 신기했다. 이런 낯선 경험이 싫지 않은 건 왜일까? 소윤은 자문해 보았다. 어른이 주는 그 귀찮고 푸근한 온기가 그리웠던 게 아닐까, 결론에 이르자 왠지 모르게 입안이 텁텁했다. 소윤은 할머니의 캐리어를 끌면서 발걸음을 맞추어 걸었다. 캐리어 네임 태그엔 삐뚤빼뚤한 글씨로 '강수자'라고 쓰여 있었다. 피식 웃음이 새어 나왔다.

"우리 강아지는 몇 살인가?"

"저요? 전 이 동네 가온 고등학교 이 학년이에요!"

"그려? 울 손주도 가온고 다니는데. 둘이 동갑이네?"

"그래요?"

"울 손주 놈은 아주 지 애비 쏙 빼닮아서 훤칠하게 잘생겼어. 얼굴 한번 볼텨?"

"어머, 정말이요? 궁금해요. 보여 주세요."

할머니는 낡고 해진 가죽 휴대폰 케이스를 젖히고 액정을 터치했다. 바가지를 대고 자른 듯한 헤어스타일, 빨갛게 물든 통통한 볼살, 샐쭉 올라간 눈꼬리, 이미 입에 한입 가득 빵을 베어 물고서 입술까지 크림이 번져 있는 아이가 있었다. 제 얼굴보다 큰

보름달 빵을 꼭 쥔 고사리 손은 아이의 포동포동한 몸짓과 대비
되며 적잖은 식탐을 짐작케 했다. 소윤은 입꼬리를 씰룩대다가
결국 터져 나오는 웃음을 참지 못했다.

"이것 봐라. 울 손주 죽이지?"

"크크크, 아기 때 사진이에요? 무슨 웹툰 캐릭터같이 생겼어
요."

"얘가 어릴 때부터 삼겹살이면 자다가도 눈을 떴거든. 살찐다
고 그만 먹어라! 그러면 지 애미를 때리고 아주 난리도 아니었제.
별명이 꼬뚱이었어. 꼬마 뚱땡이."

"꼬뚱이, 크크크큭. 별명이 찰떡이에요. 근데 할머니, 잘생겼다
고 하셨잖아요. 저한테 거짓말하신 거예요? 진짜면 소개해 달라
고 할 참이었는데, 큭큭!"

"아냐! 진짜 훤칠하니 지금은 영 딴판이라니께. 여, 여 봐라!"

사진을 본 소윤은 말문이 턱 막혔다. 할머니가 그토록 자랑하
던 손주는 바로 엊그제 저를 놀려서 열받게 만든 장본인인 서이
삭이었다. 온갖 짜증과 냉소로 범벅된 근엄한 반장, 단 한 번도
어설픈 미소조차 머금지 않는 얼음 같은 존재. 쟤는 바늘로 찔러
도 피 한 방울 안 나올 거라며 핀잔을 받던 이삭이 할머니와 다정
하게 어깨동무하고서 세상 귀여운 표정을 짓고 있었다. 너무 괴

리감이 커서 소윤은 헛웃음이 났다.

"어떠냐? 이 할미 말이 허튼소리는 아니지?"

"네……, 정말 그러네요."

할머니는 어깨를 으쓱이며 사진을 넘겼다. 무심하고 차가운, 소윤이 익히 알고 있는 인상의 이삭이 있었다. 할머니만 안 계실 뿐인데, 놀랍도록 분위기가 달라 보였다.

"어릴 때 비만이 심해서, 애들한테 하도 놀림받고 괴롭힘 당하고……. 어휴, 고생이 말도 못했지. 사춘기 들어서는 좋아하는 여자애한테까지 돼지 소리를 듣고 충격을 받았던 모양이야. 아주 죽자 살자 살을 빼더니 이렇게나 얄쌍해졌지 뭐냐."

"진짜 대단하네요! 얼굴만 잘생긴 게 아니라 끈기와 노력까지 엄청나다! 할머니, 저 방금 그 사진 좀 찍어도 되죠?"

"이 사진을?"

"네! 실은 제가 그림 그리는 취미가 있거든요. 특히나 어렸을 때랑 지금이랑 너무 다르잖아요. 이런 인물들이 저한테는 되게 매력 있고, 그리고 싶게 만들거든요."

"이 할미 도와주는 이쁜 손녀가 그런 재주도 있구나. 그래! 맘껏 찍으렴."

소윤은 이때다 싶어서 얼른 제 휴대폰 카메라로 이삭의 사진들을 찍었다.

"서이삭이라고, 혹시 들어 봤니?"

그 이름에, 소윤은 아까보다 더 진하게 입꼬리를 말아 올렸다.

"서이삭, 알죠. 실은 저 이삭이랑 같은 반이에요."

"정말?"

"별로 얘기해 본 적도 없고 그래서 가만히 있었어요."

"걔가 꼭 그렇다니까. 아, 살갑게 굴면서 친구들이랑 사이좋게 지내면 좋으련만. 맨날 꿍하니 집에만 처박혀 있으려고나 하고……. 그거 보면 괜히 속상하지 뭐냐. 가뜩이나 직 부모도 이혼하고 혼자 학교 다니는 게 영 마음이 짠하거든."

서이삭의 금쪽같은 흑역사를 손쉽게 주워들어 짜릿하게 들떴던 마음이 일순 가라앉았다. 너무 무심한 얼굴이라서 별 우여곡절 없이 자란 줄만 알았는데, 부모님의 이혼이란 커다란 그늘이 있었다는 사실이 소윤의 잔잔한 가슴에 파문을 일으켰다.

마침내 목적지의 모퉁이를 돌 때였다.

"지소윤? 할머니! 할머니가 왜 쟤랑 있어?"

서이삭이 주머니에 손을 찔러 넣은 채로 놀란 눈을 하고 서 있었다. 까칠한 얼굴은 그대로지만, 목소리는 다급했고 눈빛은 걱정으로 가득했다. 소윤과 이삭, 둘의 눈이 마주쳤다.

“이삭이 너 이 학생이랑 같은 반이라면서? 아, 글쎄, 너 새로 이사한 빌라를 내가 못 찾아갈 것 같으니까 친절하게 여기까지 같이 와 줬지 뭐냐.”

“안녕, 서이삭? 할머니가 네 어린 시절 사진도 보여 주시고 되게 재밌게 왔어!”

소윤은 스치듯 찰나였지만 이삭이 당황해하는 모습에 비어져 나오는 웃음을 참느라 입술을 꽉 깨물어야 했다.

5

악몽에는 먹방이 약

정확히 그날 사건을 분기점으로 이삭의 태도는 놀랍도록 달라졌다. 소윤 앞에서 더는 으르렁대지 않았다. 교실에서도 복도에서도 마주치면 늘 입을 꾹 다물고 슬쩍 고개를 피했다. 이 주도권이 주는 통쾌함에 계속 무신경으로 일관하는 이삭을 소윤은 외려 도발했다. 이삭이 눈을 치켜뜨면서 발끈하면 휴대폰을 내밀면 그만이었다.

"이거 진짜 콘텐츠각 아니냐? '꼬뚱이'에서 '쏘패 냉미남' 남고생의 인간 극장."

"너 진짜 이거 풀면 가만 안 둬!"

"괜찮아. 모두의 즐거움을 위해 이 한 몸 희생한다면 유튜버로서 만족해. 그리고 너, 내가 너희 할머니 집까지 모셔다드렸는데 이렇게까지 협박하는 거 좀 그렇지 않니? 나, 할머니랑 전번도 교환했는데 손주가 이렇게 못된 걸 알면 충격받으시겠다."

“으으……, 지소윤! 너 진짜 야비함의 극치구나.”

“연약한 여학생 협박하는 너야말로?”

소윤은 귀엽게 눈을 찡긋하고는 이삭의 어깨를 가볍게 툭 치고 지나갔다. 이런 둘의 티격태격이 누군가의 시선에는 사귀기 전 단계 정도로 오해를 불러일으키기도 했다.

“둘이 갑자기 왜 사이좋아졌냐?”

“쟤네 혹시 사귀는 거 아니야? 왜 그, 혐관에서 사랑으로 바뀌는 거 많잖아.”

치욕스러운 과거사에 얽힌 비밀 유지를 위해 이삭은 소윤의 편의점 심부름이며 청소 당번도 마다하지 않았다. 두 사람을 둘러싼 수군거림은 강한 추측과 함께 소문을 키웠다. 그때마다 소윤은 의미심장하게 웃었다. 사진의 위력을 실감하며 소윤은 무료하고 지루했던 날들을 새로운 스릴로 체감하고 있었다.

불 꺼진 방, 손을 뻗어도 닿을 곳 하나 없는 짙은 어둠 속에 누군가 서 있었다. 질척거리는 어둠과는 달리 온몸을 감싸는 집요한 서늘함에 소윤은 등골이 오싹했다. 귓가에 공명하는 기분 나쁜 음파에 소윤은 어깨를 한없이 움츠렸다.

무언가가 우는 듯한 소리였다. 여전히 뚜렷한 형체는 보이지 않았지만, 차가운 바닥에 선 맨발에 느껴지는 시린 감촉, 뺨을 스치는 적대적인 이물감은 너무도 분명하게 소윤을 향해 날을 세우고 있었다. 입을 벌리면 금세 허파까지 가득 밀려올 듯한 시꺼먼 냉기에 소윤은 어금니를 꽉 깨물었다.

잔뜩 긴장하고 있는데 난데없이 군중의 함성 같은 소리가 울려 퍼졌다. 뭉텅이 같던 소리는 점점 더 또렷하고 날카로운 비명으로 바뀌며 소윤의 귓가를 파고들었다. 그리고 이내 익숙한 목소리로 바뀌었다.

"누나……. 왜 나 여기 있어?"

"석중이니? 석중아! 누나 안 간 거 아니야!"

그때 날카로운 파열음 같은 이상한 목소리가 소윤의 귀를 때렸다.

"거짓말! 석중이가 널 기다렸는데 안 왔잖아……!"

낯선 목소리가 원망하듯 외쳤다.

"아니야! 갔어! 정말이야. 믿어……. 꺄악!"

눈앞에 있던 검은 어둠이 마치 유리처럼 펑 하는 소리를 내면서 깨졌다. 소윤은 눈을 질끈 감고서 쏟아지는 어둠의 조각들을 팔로 막아 냈다. 질타 같은 비명이 끝나는가 싶더니 이윽고 사라진 줄 알았던 소리는 조금씩 세를 불려 나가면서 왁왁하는 고함으로 변했다. 한데 뒤엉켜서 불분명한 음성이었으나 한 가지 확실한 것은 소윤을 비난하려는 목적이었다. 그 거대한 소리의 벽 앞에서 소윤은 사시나무처럼 온몸이 떨려 왔다. 깊게, 마음이 깊게 가라앉으면서 땅으로 꺼지는 것 같은 무력함이 소윤을 잡아당겼다. 디디고 섰던 땅의 아래는 차가웠다. 그리고 숨을 쉴 수 없었다.

"컥컥……! 누가 좀……!"

소윤은 숨을 헐떡이며 땀에 젖은 채 벌떡 일어났다. 가쁜 숨을 몰아쉬며 팔을 비벼 꿈에서 깬 걸 확인했다. 관자놀이에서부터 목덜미까지 들러붙은 머리카락은 축축했고, 여전히 놀란 심장이 가슴을 마구 두드렸다. 장면은 다르지만, 매번 비슷한 패턴이었다. 돌아오지 않을 목소리와 언젠가는 날 비난할 목소리들 가운데서 불안하게 휘청이는 악몽이었다. 아무것도 하지 않았다는 것과 뒤늦게라도 하려고 했던 것은 다르다. 하지만 결국 같은 결과를 초래했다는 잔인한 사실을, 소윤의 꿈은 계속해서 상기시켰다. 그날의 죄책감은 여전히 현재 진행형처럼 소윤의 잠을 붙잡고 놓아주지 않았다.

휴대폰의 시계가 새벽 5시 35분을 가리켰지만, 소윤은 더 잠을 청할 수 없었다. 깨고 나면 금방 흐릿해지는 악몽이 아니라, 잊으려 하면 할수록 징그럽게 또렷해졌다. 환청처럼 소윤의 목덜미를 끌어당기며 속삭였다. 아무도 네 탓이라고 하지 않았지만, 이렇게라도 자신을 심판대 위에 올려놓지 않으면 견딜 수가 없었다. 소윤은 가시처럼 돋아나는 그날의 기억을 억지로 꿀꺽 삼켰다. 입에서 비릿한 피 맛이 나는 것 같았다. 소윤은 무릎을 단단하게 팔로 끌어안고서 조용히 흐느꼈다.

얼마쯤 지났을까. 창밖에서 이따금 들리는 경적 소리에, 아이들이 놀이터에서 노는 소리에 소윤은 천천히 눈을 떴다. 벽 모서리에 몸을 구긴 채로 깜빡 잠이 들어서 그런지 온몸이 쑤시고 저렸다. 휴대폰을 켜니 이현에게서 디엠이 와 있었다. 어젯밤에 올린 피드에 하트와 댓글을 날린 것을 확인했다.

- 우아, 살 더 빠진 거야? 왜케 말랐어.ㅠㅠ
- 아무래도 단백질 보충 좀 해야겠다.
  이 오빠가 맛난 거 쏠 테니까 만나자.
- 디엠은 첨이네? 너 라방할 땐 잘만 웃으면서, 왜 나한테만
  차갑게 구냐 난 너랑 잘 지내고 싶어. 너도 나랑 생각이 같다면
  이따 3시에 포포버거에서 만나!

이현과는 맞팔했다가 다시 끊은 사이였다. 아무래도 부담스러운 게 가장 큰 이유였다. 그랬더니 유튜브로까지 메일을 보내길래 최근 들어서 다시 수락만 했다. 소수만 아는 부계정이라 그런지 이현의 극성팬들이 소윤의 계정까지 찾아와서 야단법석을 떨지는 않았다. 한 가지 걸리는 건 이현의 선팔, 선댓을 본 세진의 반응이었다. 안 그래도 이현을 좋아하는 세진인데, 이걸 보고 혼자서 상상의 설레발을 치면서 소설 쓰느라 열이 뻗쳐 있을 게 분명했다. 속상하고 서운할 때도 있었지만, 그래도 친구들이랑 있을 때가 좋은 걸 요즘 들어 새삼 느꼈다. 혼자는 외롭다. 혼자는 안전하지 못하다. 무엇보다 이 모든 일의 원흉인 이현이 소윤은 짜증 났다.

– 왜 친한 척이야? 다시 언팔하고 싶게.

한껏 냉기를 실은 디엠을 전송하고 바로 후회가 들었다. 이걸로 인해 또 원치 않는 분란이 일어날까 봐 고민이 됐다. 그냥 삭제할까 하다가 괜한 오기가 생겼다. 뭐, 사실은 사실이니까.

갑자기 기운이 쭉 빠졌다. 소통을 빙자하며 사람들 댓글에 일일이 답글 다는 것도, 인기남에게 대시 받는 것도. 다 그냥 허울

뿐인 허상 같았다. 속은 썩어 문드러져 가는데 껍데기만 반짝거리는 빛 좋은 개살구, 그게 지소윤이었다. 가끔은 이 거추장스러운 껍데기를 벗고 싶은 발칙한 욕망이 일었다. 인기를 얻을수록 망가지고 싶은 마음도 비례했다. 뒷일이 빤히 보이는데도 그 충동을 멈추기가 어려웠다.

소윤은 문득 이삭이 생각났다. 현재 제 하고 싶은 대로 굴 수 있는 상대는 이삭뿐이었다. 약점을 잡고서 고통스럽게 괴롭히겠다는 마음과는 거리가 멀었다. 뭔가 동병상련의 처지인데도 이삭은 달랐다. 아무도 없는 집에서 나와 학교에서도 아무와도 소통하지 않는 부분에 소윤은 자꾸 끌렸다.

'어떻게 그럴 수 있어? 나도 알 수 있을까? 그럼 나도 자유로울 수 있지 않을까?'

소윤은 이불을 박차고 몸을 일으켰다.

소윤은 전봇대 뒤에 서서 음식점 안을 살폈다. 이 동네에서 자리를 지킨 지 꽤나 오래된 분식집이었다. 가온고에서는 거리가 좀 있었지만, 간혹 먹을 줄 아는 애들이 이곳까지 원정을 왔었다. 앞치마를 두르고 팔을 걷어붙인 이삭이 탁자들 사이를 분주하게 누비고 있었다. 이삭은 무표정한 얼굴로 다 먹은 접시를 치우거나 음식을 날랐다. 누가 봐도 능숙한 솜씨였다. 소윤은 종종걸음으로 식당 안으로 들어섰다. 안내하는 또 다른 직원에게 가볍게 묵례하고는 이삭 앞으로 뚜벅뚜벅 걸어갔다.

“헉, 지소윤! 여긴 또 어떻게 알았어? 이제 나 스토킹도 하냐?”

이삭의 얼굴이 일그러지는 것을 보고 소윤은 묘한 통쾌함을 느꼈다.

“뭐래? 내가 그런 걸 왜 하냐? 강수자 할머님께 여쭤봤더니 너 여기서 일한다고 하시던데?”

“그러니까 네가 굳이 왜 여기까지 찾아왔냐고. 뭔데?”

“식당에 뭐 하러 왔겠냐? 밥 먹으러 왔지.”

“너 혼자?”

“나 원래 혼밥 잘해! 음, 치즈김밥 한 줄이랑 라면 부탁해. 배고프니까 빨리 갖다줘.”

말끝에 소윤이 혀를 빼꼼 내밀며 도발하자, 걸레를 쥔 이삭의 손이 잠시 부들거렸다. 이삭이 투덜거리면서 주방 쪽으로 갔다. 옆자리에서 맛있게 먹는 모습과 음식 냄새에 허기가 맹렬하게 올라왔다. 다이어트한다고 음식도 가려 먹었는데, 이삭을 약 올린다는 핑계로 먹는 즐거움이 되살아났다. 잠시 후 주문한 음식이 나왔다.

“후딱 먹고 얼른 가라.”

“손님은 왕인데 말버릇이 참 거지 같으시네요. 이왕 이렇게 된 거 한참 질척거리다 갈까 봐.”

“윽, 이 입만 산 허세 일진녀가!”

“그러는 넌 쏘패 범생이잖아!”

언성이 높아지자 주변에서 보내는 따가운 시선이 느껴졌다. 사장님 눈치를 보더니 이삭이 주춤거리며 먼저 물러섰다. 소윤은 콧방귀를 뀌며 라면 한 젓가락을 집어 맛을 봤다. 맛있게 매콤한 자극적인 맛이 혀를 미끄러져 넘어갔다. 숟가락을 들어 국물을 떠먹었다. 내친김에 치즈김밥을 라면 국물에 한껏 적셔서 입에 넣자 감칠맛이 넘실거렸다.

“맛있어!”

감탄이 터져 나왔다. 음식이 주는 위로는 때론 강력하다. 악몽이니 껄끄러운 대인 관계니 하는 것들을 한 방에 물리쳐 버릴 만큼. 이토록 편하고 단순한 방법을 자기 관리를 한다는 이유로 잊고 살았다니, 소윤은 그 공백의 서러움에 빠르게 젓가락을 놀렸다. 그때 탁자 위에 물컵이 놓였다.

“원래 셀프인데, 서비스. 천천히 먹지?”

소윤은 눈을 치켜뜨고서 잠시 이삭을 쳐다보다가 다시 걸신들린 먹방을 이어 갔다. 그러자 이삭은 아예 소윤의 맞은편에 앉았다. 이삭의 입꼬리가 미세하게 올라갔다. 그 작고 얄미운 웃음 하나에 소윤은 마음이 이상하게 울렁였다.

"서이삭, 배고픈 사람 처음 봐? 웃기냐?"

"어, 너 점심도 잘 굶길래 웬일인가 싶어서. 뭐, 우리 사장님이 끓인 라면이 기똥차게 맛있긴 하지만."

툭하면 점심시간에 우유 하나만 들고 운동장에 가는 걸 이삭이 알고 있을 줄은 몰랐다. 소윤은 가벼운 두근거림을 느꼈다. 그러나 감동도 잠시, 이삭이 재빠르게 휴대폰을 꺼내 들이밀었다.

"이십만 유튜버 유니럽 씨, 허겁지겁 라면 먹는 희귀한 장면 좀 찍어 볼까?"

"죽을래? 그럼 난 네 과사 인터넷에 다 풀어 버릴 거야."

"야! 그것 좀 제발 지워 버려!"

옥신각신하다가 누가 먼저랄 것도 없이 웃음을 터트렸다. 배부르고 기름진 웃음이었다. 허기진 시선 속에서 터트린 가짜 웃음이 아니라. 마지막 김밥 꽁다리를 소윤이 너그럽게 양보하자 이삭은 마지못해 먹었다. 그리고 두 사람의 그런 모습을 분식집 맞은편의 누군가가 날카롭게 응시하고 있었다.

6.
티 안 내고 척하기는 익숙해

소윤은 책상 앞에 앉아서 다른 유튜버가 올린 영상을 보고 있었다. 단순히 재미를 위한 시청이 아니었다. 소윤은 이번에 찍을 브이로그 콘텐츠의 방향을 어떻게 하면 좋을지 골머리를 썩이는 중이었다. 아이들은 부모님이며 친구며 선생님이며 다양한 사람들의 뒷담화, 새로 나온 드라마, 웹툰 이야기 따위를 의미 없이 왁자지껄 지껄여 댔다. 자본주의 경쟁 사회에서 일찌감치 꿈을 향해 달려가도 모자랄 판에 의미도 목적도 없이 쓸데없는 걸로 시간이나 때우고 죽이는 애들이 소윤의 눈에는 하나같이 한심해 보였다. 이런 솔직하고 교만한 마음을 들키면 속물이라 손가락질 받을 수 있기에 그저 부드러운 미소로 한탄할 뿐이었다. 사랑받는다는 건 그만큼 피땀 어린 노력이 필요했다. 소윤은 도태되고 싶지 않았다. 힘들고 고통스러운 길임에도 이뤄 놓은 것들을 손에서 놓치고 싶지 않았다. 아직은 그렇게 포기할 수 없었다.

소란스러움에 소윤이 뒤를 돌아봤다. 눈길을 확 끄는 무리는 놀랍게도 세진과 정아였다. 삼각대로 휴대폰을 고정해 두고서 그 앞에서 둘이 방송 댄스를 추고 있었다. 두 사람의 댄스 실력은 그야말로 엉망진창이었고 합도 전혀 맞지 않았다. 소윤은 어이가 없어서 입을 벌리고 눈살을 찌푸렸다. 세진과 소윤의 시선이 일순 마주쳤다. 세진은 일부러 보란 듯이 더 우스꽝스럽게 더 바보같이 춤을 췄다. 정아의 간드러진 웃음소리가 터져 나왔다.

“야, 박세진 뭐야? 완전 웃겨! 크크크크! 이러다 있던 구독자들도 광탈하겠다!”

“뭐 어때! 돈 벌려고 하는 것도 아니고 우리 재밌으려고 하는 건데.”

“그래도 이건 너무 흑역사잖아.”

“난 좋아! 난 누구처럼 가식 떨긴 싫거든.”

세진이 툭 던진 한마디가 소윤의 어지러운 머릿속을 휘저었다. 콕 집어서 자기더러 들으라고 한 말이 분명했다. 세진의 뼈아픈 말은 소윤이 최근 본 악플들을 연쇄적으로 떠올리게 했다. 그중 가장 가슴에 비수처럼 꽂혔던 말이 아프게 떠올라 잠시 숨을 골라야 했다.

– 이런 거짓된 인생 언제까지 꾸며 낼 거임?

　사람들이 실체를 알아야 하는데.ㅋㅋ　sse_girl0303

소윤은 벌떡 일어나 삼각대의 휴대폰 전원을 껐다.

"너 지금 뭐 하냐?"

"그러는 너야말로 왜 자꾸 날 건드리는데?"

"내가 널 언제 건드려?"

"방금……! 가식 떤다 어쩐다 그러면서 내 얼굴 빤히 바라봤잖아! 그거 완전히 나 겨냥하고 한 말이잖아!"

"너 정말 구제 불능이다. 세상이 다 네 중심으로만 돌아간다고 생각해?"

"뭐?"

"진짜 피곤하네. 어디 무서워서 말 한마디 제대로 하겠냐? 정신 차려."

"너야말로 정신 차려. 내가 오죽이나 부러웠나 봐? 왜, 유튜브 깔짝대면서 하다가 안 되니까 이젠 정아 꼬드겨서 틱톡 하게? 그딴 걸로 될 것 같아?"

"와, 너 유튜브 구독자 수 꼴랑 이십만 좀 넘는다고 막말 떤다. 과거에 친구도 없는 거 불쌍해서 놀아 줬더니."

“이십만 아니고 이십이만이거든!”

“픕, 그래, 알겠어.”

“그리고 난 틀린 말 한 거 없거든? 너 일진놀이 하면서 나랑 정아 괴롭힌 게 놀아 준 거라는 건 대체 뭔 헛소린데?”

“야! 너, 말조심해! 더는 못 참아!”

“여태 참았던 말 좀 했다 왜! 때리기라도 하게!”

“아휴, 저게 진짜 입만 살아서는!”

“얘들아, 너흰 왜 자꾸 싸우는 거야? 제발 그만해!”

정아가 소윤과 세진 사이를 비집고 들어왔다. 그걸로도 부족해 보였는지 양손으로 최대한 두 사람 사이의 간격을 넓혔다. 소윤과 세진의 눈에서 누가 먼저랄 것도 없이 불꽃이 튀었다.

“이러지 말고 이제 화해하자. 오해 풀고, 응?”

“싫어!”

소윤과 세진의 입에서 동시에 같은 말이 튀어나왔다.

소윤의 들숨 날숨 속도가 빨라졌다. 뱃속에서부터 부글거리는 설움을 토해 내야만 했다.

“내가 언제 너한테 놀아 달라고 사정했어? 네가 먼저 붙은 거 같아. 내 영상 뜰 때마다 톡 보내고, 태그하고, 좋아요 누른 건 박세진 너야! 네가 암만 용을 쓴다고 해도 나 정도 쉽게 모을 것 같

아? 착각하지 마. 유튜브가 그렇게 호락호락해 보여? 아무 생각
도 미래도 없이 그냥저냥 학교에 와서는 공부나 노력은커녕 잡
담이나 하면서 뇌 빼고 사는 주제에.”

세진에게 한 모진 말이었지만, 그 자리에 있던 모두의 얼굴이
굳어졌다. 아이들의 칼날 같은 시선이 소윤의 온몸에 꽂혔다. 악
몽에서 봤던 검은 어둠 너머의 번들거리는 눈과 똑같았다. 뱉어
내면 후련할 줄 알았는데, 예상과는 전혀 달랐다. 그걸 몰라서 안
하는 것 같아? 동생이 잘못된 이후로부터 배운 게 없냐며 자신을
비난하는 것 같았다.

숨통이 조여 오는 압박감에 밀려서 소윤은 뒷걸음질 쳤다. 빠
른 걸음으로 도망치던 소윤은 맞은편에 멀뚱하게 서 있던 이삭
과 부딪쳤다. 이미 내뱉은 못되고 추한 말을 모두 들은 듯 이삭은
모호한 표정으로 입술만 달싹였다. 뒤늦게 창피함이 온몸을 뜨겁
게 달구었다. 소윤은 숨을 곳이 필요했다. 뒷문으로 뛰쳐나가서
화장실로 향했다. 열린 칸으로 들어가자 구토감이 올라왔다. 소
윤은 쭈그려 앉아서 헛구역질을 시작했다. 제대로 먹은 게 없어
서 그런지 허옇고 멀건 액체만 왈칵왈칵 쏟아졌다.

고작 2킬로그램 늘었을 뿐인데, 유튜브 영상을 올리자 살이 찐
건지 부은 건지 모르겠단 댓글이 올라왔었다. 안 그래도 체중 강

박을 앓고 있는 소윤에게 그 댓글은 쥐약이었다. 뼈가 드러날 정도로 말라야 한다는 압박감에 3일 동안 손가락만 한 칼로리바만 두어 번 먹었다. 평소보다 더 극단적인 다이어트였다.

바닥의 작은 타일 무늬가 여러 개의 상으로 겹치면서 흔들렸다. 가쁜 숨이 목구멍과 턱에 걸려 겨우 올라왔다. 목덜미를 타고 흐르는 땀에 교복 셔츠가 축축해지고 손끝은 미세하게 떨렸다. 허기를 달래지 않은 채 분노로 달궈진 몸은 버티지 못했다. 자꾸 몸이 앞으로 쏠리며 휘청거렸다. 소윤은 안간힘을 다해 몸을 일으켰다.

겨우 바닥을 디디고 일어선 줄 알았는데 이내 타일 틈이 벌어졌다. 틈은 점점 더 커지더니 바닥이 미끄러운 비탈로 기울었다.

"어, 어? 이게 왜 이러지?"

현기증 속에서도 소윤은 중심을 잡아 보려고 애썼다. 배수구가 커다란 괴물의 검은 동공처럼 커졌다 작아지기를 반복했다. 미지의 감각이 주는 공포감에 소윤은 젖 먹던 힘을 다해 달음박질쳤다. 거울 앞에 겨우 다다랐을 때 소윤의 얼굴은 물감 번지듯 흐려졌다가 주룩주룩 흘러내렸다. 그토록 사라졌으면 싶었던 살점이 뚝뚝 핏물과 함께 떨어졌다. 핏줄이 터지고 뼈가 드러난 마른 몸은 끔찍할 정도로 기괴하게 뒤틀렸다.

'아니야, 이건 내가 아니야!'

더는 흉측한 몰골을 마주하고 싶지 않은데 목이며 다리에 힘이 안 들어갔다. 눈조차 감기질 않았다. 보이지 않는 기운에 압박당하던 그때, 어딘가에서 삐 하는 소름 끼치는 소리가 소윤의 고막을 사정없이 긁었다.

"누나, 거기 서 있지 마!"

"서, 석중이니?"

소윤은 최대한 눈길을 돌렸다. 조금 전까지 쪼그려 앉아 있던 화장실 칸의 문이 삐거덕 소리를 내며 열렸다. 아래 틈으로 말라붙은 손이 바닥을 기어 왔다.

"누나, 거기 있으면 나처럼 돼……. 어서 나가."

순간, 변기 위로 하얀 물기둥이 천장까지 치솟았다. 소윤이 숨을 들이마시려 하자 공기 대신 차가운 물이 입으로 쏟아져 들어왔다. 귓가까지 쿨렁거리는 물에 밀려서 화장실 밖으로 떠밀려 나왔다. 소윤의 몸이 종잇장처럼 가벼워지며 허공으로 붕 들렸다. 그리고 쿵 하며 바닥으로 떨어지는 순간,

"헉!"

외마디 소리를 토하며 소윤은 번쩍 눈을 떴다. 하얀 커튼 사이로 바람이 살랑살랑 들어왔다. 하얀 침대 시트의 서걱거리는 소

리, 벽시계가 초를 쪼개는 리드미컬한 소리, 리놀륨 바닥 위를 스치는 발소리가 차분하게 겹쳤다. 또 꿈이었다. 석중이 등장하는 지독한 악몽. 흠뻑 젖었다고 생각한 건, 물이 아니라 소윤의 땀이었다.

“이 학년 삼반 지소윤 학생.”

보건 선생님의 목소리는 가볍지 않았다.

“너, 키에 비해 너무 말랐어. 그러니 기운이 없어서 쓰러지고 그러지. 딱 보니까 식도도 헐었던데, 토하는 것도 하루이틀 아니지, 맞지?”

“…….”

“너 그러다가 정말 큰일 나. 생리는 제때 하니? 살 빼겠다고 성장기에 이렇게 안 먹는 게 얼마나 위험한지 알아? 툭하면 어지럼증에, 구내염에, 심하면 탈모까지 온다고. 예뻐지고 싶은 마음 모르는 거 아닌데 적당히 해야지.”

“아뇨, 선생님은 몰라요.”

“뭐?”

소윤은 깍지를 끼어 무릎을 감싸안으며 고개를 푹 숙였다. 잃을 게 많은 이의 심정을 이해하도록 설명하는 것에 자신이 없었다. 게다가 이런 걸 가져 본 적 없는 사람에게 단순한 집착과 병증 정도로 치부되는 게 못마땅했다. 그래도 제 발로 쉬겠다고 찾아왔으니 이 정도 잔소리쯤은 감수해야 한다며 이내 마음을 고쳐먹었다.

보건 선생님이 짙은 한숨을 토해 냈다.

"너 얼굴이 하얗다 못해 푸르뎅뎅해. 잘 좀 챙겨 먹어. 엄마한테 고기 같은 것도 좀 해 달라고 하고."

엄마라는 단어에 소윤은 멈칫했다. 자꾸 건드리면 안 될 것들이 불쑥불쑥 튀어나오는 게 점점 더 불쾌해졌다.

"네, 앞으로 조심할게요."

훈육이라기보다 걱정에 가까운 말임에도 단어와 문장들이 유리 조각처럼 내장을 긁는 기분이었다. 가뜩이나 기분 나쁜 꿈으로 속이 부대꼈다. 보건 선생님이 뭐라고 한마디 더 보태려고 입을 여는 순간, 문이 열리는 소리와 함께 길고 얇은 그림자가 바닥을 타고 들어섰다.

이삭이었다. 어쩜, 절묘한 타이밍이라며 소윤은 안도의 한숨을 쉬었다.

"넌 누구니?"

"얘네 반 반장이에요."

마침 보건 선생님은 화장실을 핑계로 밖으로 나갔다.

“여긴 왜 왔어? 지금 체육 시간 아니야?”

소윤은 자기 목소리가 생각보다 거칠게 튀어나온 게 마음에 걸려 눈을 내리깔았다.

“그냥…….”

이삭이 목덜미를 어설프게 긁으며 말을 이었다.

“신경 쓰여서.”

“내가……?”

“응. 근데 여기서 좀 잔 거 아니야? 안색이 왜 더 안 좋냐?”

“방금 무서운 꿈을 꿔서 그래…….”

“무서운 꿈? 뭐, 높은 곳에서 떨어지기라도 했어?”

“떨어지기만 하면 다행이게? 가위눌려서 죽을 뻔했어.”

“자주 눌려?”

“신경 쓰지 마. 어차피 아무도 못 도와주는데 알아서 이겨 내는 거지, 뭐. 이젠 익숙해.”

잠시 정적이 흘렀다. 소윤은 어색해서 괜히 이불만 만지작거렸다. 이삭이 먼저 말문을 열었다.

“애들하고 무슨 일이 있었는지 정확히는 모르지만, 너 평소랑은 좀 달라 보여서.”

“뭐가 어떻게 다른데?”

"글쎄……, 금방이라도 무너질 것 같았어. 내가 아는 지소윤은 힘들어도 티를 안 내는 애라고 생각했거든."

"그러니까 네 말은 내가 평소에 가식 그 자체다 이거야?"

"아니, 연기하거나 꾸민다는 뜻이 아니라 강하다는 말이야. 속상한 일도 슬픈 일도 툴툴 털고 아무렇지 않게 웃을 수 있는 거, 그거 아무나 할 수 없어. 난 못해. 그래서 누구와도 얽히고 싶지 않은 거고."

서이삭답지 않게 점점 기어들어 가는 말소리에 소윤은 가슴을 한 대 얻어맞은 것 같았다. 처음으로 느껴 본 겸손도 포장도 없는 말이었다. 이삭의 문장은 보건실의 건조한 공기 속에서 미약한 온기를 발산하며 소윤의 차가운 뺨 위에 포근한 담요처럼 내려앉았다. 이삭은 뒤늦게 부끄러움을 느꼈는지 무릎 위에 올려놓은 손가락을 초조한 듯 두드렸다. 그 말 없는 곁이 소윤에게는 이상한 위로와 다정함을 불러일으켰다. 이제는 자신이 용기를 낼 차례라고 생각했다. 둘 사이의 침묵을 깨고 소윤이 입을 열었다.

"나 떡볶이 사 줘. 단짠단짠으로 먹고 싶어."

분식집 건물 옆구리에 해가 반쯤 기대어 걸려 있었다. '햇빛분식'이라는 낡은 간판이 햇살에 반짝였다. 두 번째 왔다고 괜히 반

가웠다. 이삭이 일하는 곳, 이삭과 둘만의 장소가 생겼다는 사실
에 발끝에서부터 짜릿함이 느껴졌다. 그것은 이제 막 풋사랑에
설레는 그런 기분과는 달랐다.

'역시 나의 거부할 수 없는 매력은 저 소시오패스도 홀리는군.'

소윤의 기쁨은 어떤 정복감에 가까웠다. 아직은 그랬다.

"떡볶이 시키면 되지? 너, 순대 먹어? 우리 집 순대 잡내 하나
도 안 나고 맛있는데."

"좋아, 모둠 튀김도 시키자, 그럼."

이삭이 가만가만 사장님에게 메뉴를 알렸다.

"뭐야, 이삭이 네 여자 친구야?"

톰과 제리처럼 날을 세우고 말다툼했는데도 굳이 꽁냥꽁냥한
남친 여친 사이로 오해할 줄이야. 당황한 소윤은 어묵 국물을 떠
먹던 숟가락을 움찔했다.

"전혀 아니니까 실수로라도 그런 말씀 마세요, 사장님."

이삭이 눈썹 하나 까딱하지 않고 대꾸하자 소윤은 괜히 부아
가 치밀었다.

'흥! 누가 할 소릴!'

분식집 안은 환풍기가 돌아가는 소리와 떡볶이 국물이 매콤하
게 졸여지는 공기가 맞부딪치고 있었다. 빈속에 토하기까지 했더

니 냄새만으로도 입안에 꼴딱꼴딱 군침이 돌고 뱃속은 아우성을
쳤다.

"할머니는 어떻게 지내고 계셔? 좀 오래 있다가 가신다며?"

"응, 어차피 당분간은 농사일도 무리시고 겸사겸사 나랑 같이
지내러 오신 거니까. 집에서 편히 좀 계시라고 했어. 나야 좋지,
뭐. 할머니 덕분에 맛있는 집밥도 먹고."

"부럽다……."

"너는 맨날 엄마가 해 주시잖아."

"됐다. 말을 말자."

이윽고 쫄깃해 보이는 떡볶이와 푸짐한 순대와 모둠 튀김이
나왔다. 첫 떡을 베어 무는 순간 알싸한 맛에 혀가 깨어났다. 맵
고 달고 뜨거운 것이 목을 타고 부드럽게 내려갔다. 어묵 국물을
마시자 배 안쪽 깊은 곳이 서서히 데워지는 게 느껴졌다. 이삭의
얼굴이 두 배는 잘생겨 보일 정도로 맛있었다. 소윤이 매운 기색
으로 코끝을 비비자 이삭이 냅킨을 건넸다. 손끝이 스치면서, 전
기 같은 것이 통했다.

"유튜브 하는 건 좋은데 네 몸까지 갈아 넣으면서 하지는 마.
오래 하고 싶으면."

"너도 내 구독자냐? 신경 쓰지 마."

“댓글러들 악플에 일일이 휘둘리지도 말고. 나한테 하는 거 반만이라도 하고 싶은 대로 지르라고.”

“어이없어. 너, 지금 나 동정하냐? 네가 뭔데 날 불쌍해해? 너 빼고 다른 애들은 다 날 부러워해! 사진 몇 장으로 유명해지고, 광고도 찍고! 나만큼 원하는 게 확실하고 잘하는 애들이 있는 것 같아?”

“미안하지만 난 너 하나도 안 부러워, 지소윤. 난 그거 줘도 못 하고. 난 그냥…….”

“우유 묻혔다고 세탁비 내놓으라고 소리칠 땐 언제고 걱정하는 척은. 무슨 꿍꿍이야?”

“너 아니었으면 우리 할머니 그 더운 날 길바닥에서 헤매셨을 거잖아. 나한테는 없으면 안 되는 할머니인데. 아 참, 할머니가 언제 한번 너 집에 데려오래.”

“진짜? 할머니가 그러셨어?”

“응, 난 우리 집 공개하기 싫지만……. 우리 할머니가 만든 배추 전은 둘이 먹다가 하나 죽어도 모를 정도로 맛있으니까 와서 확인해 봐.”

소윤이 피식 코웃음을 터트렸다. 뒤이어 이삭의 입꼬리에도 슬그머니 미소가 걸렸다.

"암튼 그날 이후로, 내가 알던 너와는 많이 다르다고 생각했어. 내가 너한테 선입견을 품었던 것 같아."

"왜? 일진이라서 싫었어?"

"응. 너도 나 반장 범생이라고 싫어했잖아."

"아니, 난 네가 범생이라기보다는 감정 없는 쏘패 같아서 싫었거든."

"그건…… 내가 티(T) 성향이 강해서……."

"티라고 다 그렇진 않아. 나도 티니까 방금 그 발언 사과해 줘."

"그만하고 먹자."

"응."

두 사람은 국물까지 싹싹 긁으며 음식들을 해치웠다.

분식집을 나오자 오후의 햇빛이 더 기울어 지평선 너머로 꼴딱 넘어가는 중이었다. 눅눅했던 습기가 날아가고 바람은 조금 더 선선해졌다.

7.
내 마음 같지 않은 하루

여름의 끝, 열기 팽팽했던 공기가 한결 물렁물렁해졌다. 계절은 부지런히 달려서 코끝이 시큰한 가을로 접어들고 있었다.

2교시 쉬는 시간, 반 오픈 채팅방에 누군가 폭탄을 던졌다. 폭탄의 정체는 햇빛분식 간판 사진이었다. 이윽고 올라온 또 다른 사진은 라면과 김밥을 먹는 소윤과 그 옆을 스치듯 지나가는 알바생 이삭의 모습이었다. 대망의 세 번째 사진은 바로 얼마 전, 소윤과 이삭이 다정하게 마주 앉아서 분식을 나눠 먹는 모습이었다. 반짝이는 눈빛으로 서로를 바라보며 설렘 가득한 모습은 누가 봐도 "너희 사귀냐?"라고 묻지 않을 수 없는 분위기를 연출했다. 끝으로 "햇빛분식에서 포착된 일진 셀럽녀와 쏘쎄 반장님의 훈훈한 한 컷"이라는 얄궂은 톡이 올라왔다. 몰래 찍은 사진치고는 마치 아이돌 사생팬처럼 구도가 꽤 전문적이었다.

- 와……, 이거 실화냐?

- 이 조합 대체 무슨 충격?

- 지소윤 눈이 바닥을 뚫고 지하까지 갔구나.

- 뭐래? 서이삭이 성격이 음침해서 그렇지,

  비주얼은 우리 반에서 젤 낫거든?

- 내가 듣기론 서정고 연습생 이현이랑 지소윤이랑 사귄다던데

  페이크였어?

- 몰랐냐? 지소윤 어장 관리녀인 거?

- 연옌 뺨치는 일진녀. 나중에 연옌 되면

  과사 관리에 신경 쓰셔야겠어요.

아이들은 민망한 문장으로 두 사람, 특히나 유명세를 타고 있는 소윤을 실시간으로 도마 위에 올려 쪼개고 나누고 해부했다. 스크롤을 할수록 소윤의 손가락 끝이 뜨끈하게 달아올랐다.

- 떡볶이 한 번 같이 먹었다고 사귀는 거면

  남친이 세 자릿수쯤 되겠다.

타격감이 1도 없다는 태도로 소윤은 무덤덤하게 댓글을 달았

다. 지금도 이 교실에 숨어서 자기가 만든 난장판을 보며 낄낄대고 있을 게 분명했다. 일거수일투족을 꼬투리 잡아서 또 어떤 폭탄을 터트릴지 모를 일이었다. 소윤은 떨리는 손가락에 일일이 힘을 주며 침착하게 행동했다. 평소보다 몇 배 이상의 연기력이 필요했다. 이런 일 혹은 이런 댓글은 몇 번을 마주해도 도무지 쉬워지지가 않는다. '야수의 심장'은 그야말로 뜬구름 같은 말이지, 현실은 깃털만큼 가벼워서 살랑바람에도 흔들리는 '약골 심장'이었다.

신경이 곤두섰지만 애써 태연한 척하는 소윤과 달리 이삭은 정말이지 태연했다. 아무 반응이 없었다. 정확히는, 아무 대응도 하지 않았다. 소윤과 눈이 마주쳤는데도 소 닭 보듯 아무렇지 않게 쳐다봤고, 뒤에서 비아냥거리는 급우들에게도 반장으로서 책임과 의무로 말을 걸었다. 소윤은 이삭이 둘 사이의 관계를 부정해서 기쁘기보다는 자신을 어떤 의미에도 가두지 않는 태도에 더 짜증이 났다.

쉬는 시간이 되자, 복도는 뛰쳐나온 아이들로 바글거렸다. 눈앞으로 스쳐 가는 아이들의 무심한 얼굴 하나하나에서 소윤은 공포를 느꼈다. 무관심을 가장한 비웃음, 재미를 빙자한 악플, 호기심의 양면인 선동이 도처에 깔려 있었다. 누군가의 별 뜻 없는 휘파람이, 누군가의 무심한 코웃음이 소윤의 덤덤한 용기를 우그러트렸다. 자신은 이렇게 온갖 것들과 싸우느라 진이 빠지는데 침묵으로 일관하는 이삭이 서운했다.

점심시간에 감옥 같은 교실을 피해서 방송부실로 향했다. 섬유 흡음판이 사방을 감싼 작은 방송실은 생각대로 안락했다. 테이프 자국이 희미하게 남은 믹서(방송국 등에서 신호를 혼합하고 조절하는 장치) 콘솔, 팝 필터(잡음 등을 줄이기 위해 마이크 앞에 설치하는 스펀지 필터)가 달린 마이크들, 불이 들어오면 목 뒤 근육을 뻐근하게 긴장시키는 ‘ON AIR’ 글씨가 꺼져 있는 표지판까지.

잠시 후, 부장인 다연이 스튜디오 문을 열고 귀신이라도 본 것 같은 얼굴로 소윤을 맞이했다.

“오랜만이네?”

“그러게. 잘 지냈어?”

소윤은 다연의 딱딱한 표정에 긴장해 다시 몸이 굳었다.

“뭐, 와 달라고 사정할 때는 바쁜 티 팍팍 내시더니 오늘은 웬일이셔?”

“미안. 그러지 말고 좀 봐주라.”

바쁘다는 핑계로 도도하게 동아리 활동을 마다한 건 괘씸하지만, 다연은 소윤의 자초지종을 이미 알고 있었다. 애들이란 따분

함에 못 이겨 자잘한 소문을 부풀리고 전달하고 과장하는 존재였으니까.

"근데 넌 꼭 숨을 곳 필요하면 방송부로 오더라?"

다연의 예리한 눈초리에 소윤은 뒷걸음질을 쳤다. 저리 비키라고 퉁바리를 놓아도 꼼짝도 하지 않고 다가오는 다연에 소윤은 물러설 구석이 없었다.

"하하하, 그러게나 말이야. 어쩜 이렇게 아늑한지 나도 모르게 늘 이곳으로 도망쳤지 뭐야."

"야, 잘됐다. 이왕 온 김에 공개 해명 방송이나 해."

"무슨 오버야? 그리고 이미 아무 사이 아니라고 했는데 내 말을 믿냐? 지들이 믿고 싶은 대로 이미 소설에 외전까지 쓰고 있는데?"

"아무 사이도 아니라면서 두 번씩이나 단둘이 같이 있었던 건 어떻게 해석해야 해?"

"그건……."

자신과 가장 대칭점에 선 인물과의 이 어색한 모종의 관계를 설명하려면 그 접점은 이삭의 할머니였다. 그런데 할머니 얘기를 꺼내면 이삭의 이혼한 부모님에 대해서도 이러쿵저러쿵 말이 나오지 않으리란 법이 없었다. 가장 가까운 혈연에 상처 입은 건 소윤도 마찬가지였다. 이런 동병상련과 무의식 속 방어 기제가 만나서 이삭의 가정사를 밝히는 것만큼은 왠지 꺼림칙한 소윤이었다. 이번에 밝히면 다음 타깃은 자기였으니까.

"서이삭 솔직히 잘생겼잖아. 중학교 때도 인기 많았대. 그때는 지금이랑 다르게 성격도 무뚝뚝하지 않았대. 거기다 키도 크지, 머리도 좋지."

"뭐 어쩌라고? 내 취향 아니야. 그 정도 비주얼은 흔해."

"진짜 둘이 안 사귀는 거 맞아? 떡볶이 먹는 사진은 되게 꽁냥꽁냥 다정해 보이던데? 운동장에서 우유 팩 던지고 싸우다가 정 들었는데 설마 둘이 교내 비밀 연애라도 하는가 해서."

"아니라니까!"

"그래? 그럼 내가 서이삭한테 고백해도 돼?"

"아, 몰라! 그, 그걸 왜 나한테 물어봐! 하든지 말든지!"

"야, 근데 너 왜 볼이 빨개져? 아니다, 귀까지 빨개."

자기가 느끼기에도 너무 티가 나게 버럭 질러 버린 것 같아서 소윤은 심장이 덜컥했다. 마음은 자꾸 아닌 척하라고 세뇌했는데 집요한 질문 공세에 몸이 유연하게 따라 주질 못했다.

"야! 아니라니까! 소름 돋게 음침한 그런 애랑 내가 왜 사귀냐? 그때 세탁비 안 줬다고 하도 끈질기게 톡 보내고 귀찮게 해서 떡볶이로 퉁친 거야. 됐냐?"

소윤의 목소리는 아까보다 더 앙칼졌다.

"오호, 그런 것이야? 거래였단 말이지?"

"서이삭은 말이야, 내가 본 남자애 중에 최악이야! 쪼잔하고 구질구질하고 스토커라고!"

아침부터 외줄 타기 하듯 버텨 온 체력과 인내심이 순간 탁 하고 풀리면서 소윤 자신도 납득하지 못할 말을 뱉어 내고 있었다. 본의 아닌 말이 줄줄 흘러서 바닥에 고이고 더러운 웅덩이를 만들고야 말았다. 그런 자신의 나약함이 미덥지 못하고 속상했다.

"뭐, 너도 사정이 있겠지. 때로는 시간이 약인 것도 있긴 하니까, 그럼 잠잠해질 때까지 기다려 봐."

잠시 후, 문이 거칠게 열리면서 다른 방송부원이 숨 가쁘게 뛰어 들어왔다.

"야! 너희가 한 말 지금 교내에 다 방송됐어!"

"뭐? 그게 무슨 말이야? 라이브 꺼져 있는……, 헉!"

빨간 바탕 위로 하얀 ON AIR 글씨가 선명하게 빛나고 있었다. 등골에 식은땀이 쭉 솟았다. 소윤은 몸을 감싸는 한기를 느끼며 손바닥으로 문제의 원흉이 된 제 입을 가렸다. 아침부터 실타래처럼 얽히고설켰던 복잡한 생각들이 거짓말처럼 싹 물러갔다. 뇌가 텅 비고 말았다. 오직 그 속을 채운 건 절망과 실망뿐이었다.

"이, 이게 어떻게 된 거지?"

다연도 당황하긴 마찬가지였다.

"아, 혹시 설마······."

기억을 상기하자, 아까 다연의 기세에 밀려서 뒷걸음질 치다가 손바닥으로 버튼을 누른 것 같았다. 하필이면 많고 많은 버튼 중 재수 없게도 ALL 버튼을 콕 집어 누른 것이다. 설상가상으로 점심 방송 여파로 마이크 볼륨도 올라가 있던 온 에어 상황에서 두 사람은 신나게 떠들고 만 것이다.

빼도 박도 못할 생방송이었다. 이미 나간 말을 편집할 수도 없는 노릇이었다. 지소윤은 서이삭을 음침한 스토커로 생각한다는 말이 그대로 복제되어서 동시에 교내 각 층 천장에 붙은 스피커로 뿜어져 나갔다. 운동장에서 농구공을 튀기던 아이들의 머리 위로, 교실에서 노닥거리던 아이들의 소리 위로, 도서관에서 책장 넘기던 소리 위로 소윤의 문장은 얇고 정확하게 덮었다.

소윤에게 최악의 소식을 전달하러 온 방송부원은 졸지에 죄인이 된 기분을 느꼈는지 "나 할 일 있었는데, 먼저 갈게······." 하면서 말끝을 흐리며 퇴장했다. 소윤은 다연에게 인사를 전할 겨를도 없이 방송실을 나왔다. '최악'이라는 두 글자가 풍선껌처럼 부풀었다가 천장에 들러붙은 채 떼어지지 않았다.

오픈 채팅방에는 더 맹렬하게 댓글이 올라왔지만, 소윤은 단어도 문장도 눈에 들어오지 않았다. 한바탕 카오스가 밀려가자 남은 건 이삭은 어떻게 생각할까, 어디에 있을까 하는 걱정뿐이었다. 소윤은 임시적 진공 상태로 지냈다. 조퇴를 생각하는 것조차 어려웠다. 교내 방송은 학생뿐 아니라 선생님도 들었으니까. 그저 고개를 떨어트린 채 이 시간이 흘러가기만을 바라고 바랄 뿐이었다.

기적처럼 모든 수업이 끝나자 소윤은 서둘러 짐을 챙겼다. 이삭의 얼굴을 맞닥트릴까 봐 계속 땅만 보고 걸었다. 서둘러 2층 계단참을 내려갔다. 그대로 교문까지 전력 질주를 하고서 숨을 돌릴 겸 내내 무거웠던 목덜미에 쉼을 줄 겸 고개를 쳐들었다. 거짓말처럼 그 찰나의 순간에 군중 속에 섞여서 걸어오는 이삭과 눈이 마주쳤다. 멈춘 채 소윤을 바라보는 이삭의 낯에는 그 어떤 감정도 느껴지지 않았다. 그 무심함이 소윤은 더 고통스러웠다.

8

홧김에 남자 친구

엘리베이터 안 거울은 소윤의 괴로웠던 흔적을 과장 없이 반사했다. 눈가는 퀭했고, 메마른 입술은 립글로스마저 날아가 허여멀겋고, 피부는 푸석해서 지치고 피곤한 기색이 역력했다.

문을 열고 들어서니 온 집 안의 명도가 여느 때와는 달리 환했다. 웬만하면 정적이던 엄마는 이 방 저 방을 드나들며 간만에 동적인 모습을 보였다. 방마다 문이 열린 채로, 바닥 여기저기에 물건들이 널브러져 있었다. 소윤의 방문도 활짝 열려 있었다. 화낼 기운은 없었지만, 본능적으로 짜증이 밀려왔다.

"지금 뭐 하는 거야?"

"그게 없어……. 어디 갔지? 그게 왜……?"

"무슨 말이야? 뭘 찾는데? 뭐가 없어?"

엄마의 초점 없는 눈동자는 불안함으로 번들거리고 있었다. 깡마른 손으로 팔뚝을 연신 긁으며 시선을 어느 한 곳에 두지 못했다.

"석중이 물건. 그게 어디로 갔는지 모르겠어. 혹시 어딨어? 어딨는지 알지?"

"뭐? 그걸 내가 어떻게 알아. 엄마가 찾는 게 뭔데?"

"석중이 유니폼. 축구 교실 유니폼 말이야! 넌 알지?"

"잘 생각해서 찾아 봐. 엄마가 어디에다 뒀는지 내가 어떻게 알아!"

이제야 보였다. 눈앞에 널브러진 몇몇 것들이 석중의 기억을 담고 있는 물건이란 것을. 반창고를 붙인 플라스틱 호루라기며, 마트에서 석중이 울며불며 졸라서 산 피규어, 툭하면 내용물을 어딘가에 흘려 버리던 홀쭉해진 필통까지……. 엄마가 아직도 놓지 못하는 석중의 짧은 인생 궤적이 방 안 여기저기 굴러다니고 있었다. 소윤은 석중의 그림자에서 빙빙 맴돌기만 하는 엄마가 야속했다.

'오늘은 나도 위로받고 싶어. 힘든 일이 있었고 온종일 시달렸어. 내 얼굴 봐 봐. 달라 보이지 않아? 안간힘을 쓴 내가 가엾지 않아?'

외치고 싶은 말은 끝내 고이고 고인 채 입안을 빠져나가지 못했다. 설득이란 잡히지 못하는 환영이라는 걸 전의 기억에서 재

확인할 뿐이었다.

소윤은 방문을 걸어 잠갔다. 내내 압력을 견디느라 굳었던 어깨에서 가방끈이 스르륵 미끄러져 둔탁한 소리를 내며 바닥에 떨어졌다. 옷도 갈아입지 않고 냅다 침대에 몸을 뉘었다. 안심할 수 있는 적막이 지친 소윤을 껴안았다. 비로소 숨이 쉬어지는 느낌이었다. 하루가 너무도 길다.

"나는 왜 이렇게 내가 싫지?"

아니, 싫다는 것도 너무 단순했다. 쓸모없다는 말과 최악 중에 좀 더 어울릴 만한 단어를 고르는 사이 눈물이 뺨을 타고 흘러내렸다. 질끈 눈을 감자, 마이크를 켜 둔 채 떠들어 댔던 문장들이 공기 중에 재생되면서 부메랑처럼 소윤의 가슴을 후려쳤다. 이삭의 무반응이 눈앞에서 동시 상영됐다. 감정을 드러내기보다는 묵묵히 견디는 애였다. 그래서 소윤은 더 아팠다. 해명도, 항변도, 변명도 없이 자리를 지키는 사람에게 칼이 된 것 같았다.

천천히 숨을 들이쉬고 내쉬는 것조차 실패한 하루. 편집하지 못한 못난 말, 아무도 대신해 주지 못할 과거의 책임, 그리고 사랑받고 싶어서 점점 더 작아지는 마음이 소윤을 번갈아 가며 괴롭혔다.

조용히 흐르던 눈물은 어느새 흐느낌으로 변했다. 쌓이고 쌓인 감정이 터지자 걷잡을 수 없었다. 죽을 만큼 자신이 싫으면서도 한편으로는 제대로 살고 싶다는 열망이 소윤의 작은 몸을 거세게 뒤흔들었다.

　학교 정문 앞 횡단보도 건너편, 검은 캡 모자와 마스크로 얼굴을 거의 가린 이현이 서 있었다. 아이돌 연습생이란! 아무리 가려도 자체 발광력으로 존재감을 뿜어냈다. 여자보다도 작은 두상, 늘씬한 몸매, 거적때기를 걸쳐도 막 패션 잡지에서 튀어나온 것 같은 숨길 수 없는 아우라까지. 여자 친구인 소윤보다도 주변 애들이 더 난리였다.

　"미쳤어! 둘이 사귄다더니 이젠 학교 앞까지 데리러 오냐?"

　뒤에서 걷던 정아가 쪼르르 달려와서는 얄밉게 흘겨보며 소윤의 옆구리를 쿡 찔렀다. 뒤이어 와서 정아 옆에 어정쩡하게 선 세진은 똥 씹은 표정이었다.

　"와, 진짜 부럽다, 소윤아. 난 언제쯤 저런 얼굴 천재랑 사귀어 보냐."

　"쟤는 왜 굳이 여기까지 와서 표를 내는 거야?"

　"어? 뭐야, 박세진, 말투가 왠지 차갑다? 너, 이현이 최애 아니었어?"

“쟤 인간성 더럽다는 얘기 듣고 진작에 버렸지. 연옌병 걸린
애 둘이서 아주 잘 만났네.”

세진은 소윤 들으라는 듯 일부러 마음에도 없는 말을 크게 외
쳤다. 세진의 근거 없는 흠집 내기에 소윤도 불쾌한 기분을 얼굴
에 드러냈다.

“야, 이정아! 우리 늦겠다. 어서 가자!”

“알았어. 소윤아, 우리 오늘 굿즈 팝업 가기로 해서. 미안!”

“어, 응. 잘 가, 정아야!”

소윤은 정아에게만 손 인사를 건넸다. 소윤과 세진은 여전히
서로를 투명 인간 취급하며 유치함 대결을 펼쳤다. 같이 어울려
다니는 친구가 없음에도 이현이 보내는 온갖 톡에 소윤은 심심
할 틈이 없었다. 거짓말 조금 보태서 손가락 관절에 무리가 갈 정
도였다.

‘얘는 대체 데뷔할 생각이 있는 거야? 연습 안 하고 종일 폰만
붙들고 사네.’

남의 미래가 이토록 걱정되기는 처음이었다. 사귀고 나서 알
게 된 사실이었지만, 이현네 집안은 한마디로 다이아 수저였다.
아빠는 이름만 대면 다 아는 중견 기업의 대표 이사, 엄마는 사립
대학 교수, 형은 명문대 의대생이라고 했다. 집에는 가사도우미

가 상주했으며, 지금 연습생으로 있는 기획사의 대표도 아빠의 학교 후배라고 했다.

그 얘기를 들었을 때, 소윤은 이현에게 왜 절박함이니 독기가 느껴지지 않는지 이해가 됐다. 아이돌 연습생이라는 특이한 경력이 돋보일 수도 있지만, 자신은 그런 것에 굳이 연연할 필요 없다며 거드름을 피우자, 소윤은 생각했다. '내 예상을 뛰어넘게 재수 없는 애.'라고. 하지만 이미 사귀기로 한 뒤였기에 선입견을 거두고 좀 더 지켜보자는 생각이었다.

남들이 다 부러워하는 아이와 사귀면 나의 가치도 올라가고 자존감도 회복될 줄 알았다. 처음엔 살짝 설레기까지 했다. 꽃이나 구하기 어려운 키 링 같은 선물을 안겨 주거나, 팬들에게 너무 많이 받았다며 온갖 기프티콘을 줄 때, 길거리를 지나가다 또래 여자아이들이 부러운 눈으로 자신을 바라볼 때는 약간의 우월감도 생겼다.

이현과 같이 다닌다는 건 자동으로 스포트라이트를 몰고 다니는 것과 비슷했다. 소윤은 언제라도 사진이 찍힐 것을 대비해서 풀 착장으로 꾸미고 손질했다. 그건 생각보다 매우 피곤한 일이었다. 왠지 자신이 힘들게 갈고닦아서 이룬 존재감이 묻히는 것도 같았다.

데뷔 조면 연습실에서 막 나온 사람 특유의 땀 냄새가 날 법도 한데, 이현에게선 늘 향기로운 향수 냄새가 났다. 처음 둘이 손을 잡았을 때는 흠칫 놀랐다.

'무슨 남자애 손이 나보다도 곱네.'

겉으로 보면 예의 바른 듯했지만, 돌아서면 저울질하기 일쑤였다. 자기보다 못한 애들은 아예 대놓고 무시하는 발언도 서슴지 않았다. 물론 소윤 앞에서는 매너 있는 남자 친구인 양 웃으면서 그런 이야기를 점잖게 떠벌렸다.

따지고 보면 이삭과의 껄끄러운 관계를 잠재우려고 한 무모하고도 충동적인 행동이었다. 이삭에 대한 미안함이 컸을 때 마침 이현은 지속해서 연락을 해 왔고, 소윤은 될 대로 되라지 하는 심정으로 그를 남자 친구로 받아들였다.

이현은 어떻게 하면 자신이 어디서든 최대한 효과적으로 돋보일지 아는 애였다. 어떤 각도, 어떤 이미지, 어떤 팬 서비스에도 능숙했다. 소윤은 처음에는 이현이 자신과 비슷한 부류라고 생각했지만 시간이 지날수록 거의 모든 게 이상하게 가벼웠다. 마치 속을 채워도 한없이 가벼운 풍선처럼.

지금도 마찬가지였다. 제발 학교 앞에서 기다리지 말라고 기분 나쁘지 않게끔 에둘러 말했음에도 무시했다. 처음이 아니었다. 그때마다 이현은 이렇게 말했다.

"이게 다 널 좋아해서 그러는 거야. 내가 널 얼마나 생각하는 지 알지?"

소윤은 그 말이 점점 끔찍하게 다가왔다.

9.
불편한 초대

후줄근한 후드 티셔츠를 뒤집어쓰고 귀에는 헤드폰을 꽂은 채 소윤은 길거리로 나섰다. 어디를 갈지 생각하고 나온 건 아니었다. 걷다 보니 이삭의 할머니와 처음 만났던 그 쉼터였다. 그네에 앉아 발을 굴렀다. 삐걱삐걱 소리와 함께 몸이 좌우로 흔들렸다. 청량한 초가을 바람이 기분 좋게 몸을 훑었다. 원래대로라면 이현의 아는 형이 연다는 연습실 파티에 가는 날이었다. 공들여 꾸미고 차려입고서 누가 뭐랄 것도 없이 잘나간다고 떠드는 애들 사이에 껴들고 싶지 않았다. 이현에게는 생리통으로 배가 너무 아프다는 핑계를 댔다.

"할머니는…… 잘 계시려나?"

이삭과는 방송부 사건 이후로 뜸해졌다. 소윤은 제 잘못인 걸 알면서도 사과하지 못했다. 사과하는 것 자체가 그 기억을 끄집어내야 하는 일이라 괴로웠다. 겨우 용기를 내서 톡으로 "너, 왜 나만 보면 너답지 않게 뚝딱거려?”라고 보낸 게 다였다. 이삭의 행동은 의외였다. ‘감정 없는 쏘패’ 같다고만 치부했던 이삭이 소윤을 마주할 때면 예전과 다르게 서먹서먹해한다는 것이었다. 최대한 아무렇지 않은 척하는 것 같지만 소윤에게는 티가 났다. 일부러 그 애 쪽으로 몸을 기울였을 때는 흠칫 놀라며 손을 휘젓기까지 했다. 소윤에게는 이삭의 그런 변화가 기쁘기도 하면서 못내 서운했다.

그네에서 훌쩍 내려서 골목길로 향했다. 목적 없이 마냥 걷다 보니 어느새 시장 입구였다. 고된 일과를 끝내고 가족과 함께 온 사람들 틈바구니에서 약간의 외로움과 약간의 부러움이 동시에 일었다. 식자재 떨이 마트의 자동문이 열리며 양손 가득 봉지를 든 사람들이 밀려 나왔다. 그리고 그 사이에서 카트를 미는 이삭과 할머니도 보였다. ‘어떡하지?’ 당황하며 주춤거리는 사이, 할머니의 외침이 갈고리처럼 소윤의 목덜미를 낚았다.

“아니, 이게 누구야?”

할머니는 손을 흔들며 소윤을 반갑게 알아봤다.

“안 그래도 궁금했는데, 어디 가는 길이니?”

“안녕하세요, 할머니! 저는 그냥 그러니까⋯⋯.”

“우리 집에서 밥 먹고 가. 된장국도 끓여 놨고, 저번에 산 배추가 아주 달아. 그거 지져 줄 테니 먹고 가. 안 그래도…….”

“아, 그게…….”

“안 돼! 얘 바빠, 할머니.”

이삭이 냉큼 말을 자르자 소윤은 괜한 오기가 생겼다. 보란 듯이 할머니 팔에 매달렸다.

“갈래요. 할머니가 만드신 배추전이 그렇게 맛있다면서요?”

소윤은 사악한 웃음을 붙이며 이삭을 바라봤다. 이삭의 옆얼굴 근육이 아주 미세하게 굳는 게 보였다.

이삭의 집은 작고 깔끔했다. 그 흔한 화분 하나 없었다. 남자아이 혼자 사는 곳이라 그런지 살림살이가 별로 없었다. 할머니가 주방에 들어간 지 얼마 안 돼 지글지글 소리와 함께 맛있는 냄새가 풍겼다. 소윤과 이삭은 서로 거리를 둔 채 굳이 소파에 등을 기대고 바닥에 앉았다. 아까부터 이현에게서 쉴 새 없이 오는 톡을 계속 무시하는 중이었다.

“서이삭, 여기 네 집이야.”

“알아.”

“근데 왜 그러고 있어? 네가 그렇게 어색해하면 손님으로 온 나는 더 불편하잖아.”

“냅둬. 난 이게 편하니까. 남자 친구 있는 애 집에 불러서 또 괜한 오해 사기 싫은데 할머니 때문에 어쩔 수 없었던 거야.”

“지금 너, 내가 신경 쓰여서 그런다는 거야? 다른 사람도 아닌 네가? 서이삭, 뭐야? 나 좀 봐 봐, 응?”

“…….”

늘 단단한 요새처럼 과묵함을 사수하던 이삭의 입가가 미세하게 떨렸다. 긴장했는지 목울대가 꿀꺽 수직으로 움직였다. 그 잠깐의 침묵에 소윤은 두 볼이 뜨끈하게 달아올랐다. 지금 이삭의 침묵은 금 정도가 아니라 소윤에게는 서부 개척 시대에 금광을 발견한 개척민의 놀라움과 비슷했다. 너랑 나랑 비슷한 마음이라는 걸, 그걸 확인하고자 소윤의 눈이 반짝 빛났다. 지금은 용기를 낼 때였다.

“혹시나 해서 말인데, 나 이현이랑 사귀는 거…….”

“자, 얼른 먹자!”

할머니가 전을 탑처럼 쌓은 접시를 들고 등장했다. 소윤은 물론 이삭도 아쉬운 눈치였다. 그러나 지금만 기회인 건 아니다. 일단 배를 채우고 흥분을 가라앉힌 다음 다시 때를 노리면 되니까!

“우아! 냄새가 장난 아닌데요! 할머니, 잘 먹겠습니다!”

소윤은 물개 박수를 치며 젓가락을 들었다. 배춧잎 모양 그대로 살려 노릇하게 구운 전의 가장자리 바삭한 부분에 양념간장을 살짝 찍었다. "호!" 불어서 입에 넣고 씹자 고소하고 짭조름한 감칠맛이 어금니 아래에서 가차 없이 터져 나왔다.

"저 처음 먹어 보는데 이거 뭐예요? 왜 이렇게 맛있어요? 뭐 들어갔어요?"

소윤이 호들갑을 떨며 속사포로 연달아 묻자 할머니는 미소로 화답했다.

"배추만 들어갔는데도 맛있지? 배추를 소금에 절여서 숨이 죽게 해야 해. 요 줄기 부분도 간이 잘 배게 두들겨 줘야 하고. 배추 물기가 쫙 빠지고 얻어맞을수록 맛있는 배추전이 되는겨."

온갖 고난을 통해 감칠맛이 배가된다는 것, 본연의 맛만으로도 충분하다는 것. 그 단순한 진실이 소윤의 뒤통수를 강타했다.

무언가를 더하고 붙여서 억지로 꾸며 냈던 과거가 주마등처럼 스쳐 갔다. 화려함을 갑옷처럼 둘러 입을수록 몸은 무겁고 거추장스러웠다. '그냥 나인 채로 견뎠으면 이런 공허함을 조금은 덜 느끼지 않았을까?' 아직 답을 듣지 못한 물음표로 가득한 질문들을 소윤은 배추전과 함께 곱씹었다.

후식으로 배와 감까지 야무지게 깎아 먹었다. 피식 웃음이 나왔다. 이삭을 만날 때마다 소윤의 허기짐은 해소되었다. 그건 우연이었을까, 운명이었을까?

"배부르니까 얼굴이 다 환해졌네, 우리 아가."

할머니의 '아가'란 말에 소윤의 마음이 몽글몽글해졌다.

이삭이 주방 뒷정리를 하고 소윤이 설거지를 했다. 그사이 할머니는 안방에서 텔레비전을 틀고 모로 누워 있다가 설핏 잠이 들었다. 다시 소윤과 이삭이 남은 거실에는 한동안 적막만이 흘렀다.

"그, 방송실 일 말이야……. 내가 한 번도 제대로 사과한 적이 없었어."

"됐어."

이삭의 시선은 접시에 내려가 있었다.

"그게, 내 친구가 자꾸 너랑 무슨 관계냐고 캐물어서 너무 당황한 나머지……."

"지금 여기서 그 얘기 하고 싶지 않아. 아니, 앞으로도 하고 싶지 않아."

"뭐?"

"이미 한참 지난 일을 미안해한다고 뭐가 달라져."

"아니지, 다르지."

"넌 지금 남자 친구 있잖아. 괜히 오해 사면 다른 애들이 널 뭐

라고 생각하겠어? 난 원래 애들이 씹어도 상관없지만, 넌 그렇지
않잖아."

"아니, 씹어도 괜찮은 사람이 어딨어! 넌 왜 맨날 혼자 어른인
척, 센 척을 하는데!"

"난, 그래야 하니까."

"뭐? 그게 무슨……!"

"다 먹었으니 이제 그만 가는 게 어때? 너무 늦어서 부모님 걱
정하시겠다."

"네가 뭔데 우리 부모님까지 걱정하는데! 건방지게."

길 잃은 말은 가시가 됐다. 쥐어짠 용기는 불을 끄듯 삽시간에
꺼졌다. 열기가 사라지고 나니 혹독한 냉기가 가슴을 꽉 채웠다.
자존심이 상했지만, 소윤은 이내 멀쩡한 얼굴로 갈아 끼웠다.

"할머니 깨시면 맛있는 음식 해 주셔서 감사하다고 전해 줘."

소윤은 쌀쌀맞게 이삭에게 말했다. 일어서서 현관문으로 가자
이삭이 따라 나왔다. 소윤은 뒤도 돌아보지 않고 문을 열고 밖으
로 나갔다.

"잘 가."

들릴 듯 말 듯한 이삭의 목소리에 소윤은 입술을 질끈 깨물었
다. 이유도 모르게 가슴이 저렸다. 속에서 뭔가가 꿈틀거리면서

뜨거운 것이 올라왔다. 계단을 내려가는데 다리가 휘청거렸다. 이대로 집에 가면 안 될 것 같았다. 건물을 빠져나오자마자 이현에게 답톡을 보냈다.

둘이 자주 가는 카페 구석 자리에 앉아서 이현을 기다렸다. 얼마 안 있자 이현이 헐레벌떡 문을 열고 들어왔다.

"뭐야! 연락 안 돼서 내가 얼마나 걱정한 줄 알아?"

"그냥 몸도 기분도 너무 안 좋아서 계속 잤어."

"진짜 집에서 잔 거 맞아?"

이현이 눈을 가늘게 뜨고 소윤의 표정과 손을 훑었다. 의심 가득한 눈초리였지만, 별로 떨리지는 않았다. 사귀는 사이인데 왜 남녀 사이에 있어야 할 떨림과 긴장감이 안 생기는 건지 소윤도 궁금했다.

'나, 얘 좋아는 하나?'

동시에, 아무래도 이현을 부른 건 좋지 않은 결정이라는 생각이 뇌리를 스쳤다.

주문한 초코케이크 접시가 타이밍 좋게 두 사람 사이를 가로질렀다. 마감 시간에 가까워서 그런지 위에 올라간 딸기는 윤기를 잃고 바짝 쪼그라든 게 시들해 보였다. 한 입 먹으니 인위적인 단맛이 혀끝에서 맴돌았다.

“안 먹어? 맛있는데.”

소윤의 태연한 거짓말에 이현도 예의 없이 응수했다.

“이런 거 이 시간에 먹으면 돼지의 지름길인 거 몰라?”

“아하, 그러셔요? 백날 관리만 하고 데뷔는 언제 해?”

이현이 이맛살을 찌푸리며 노려봤다.

“말조심하지? 아프다더니 오늘 말투도 까칠하고 예민하네?”

“맞아. 예민한 날인 거 알면 네가 좀 더 양보하고 이해해 주지 그래?”

이현의 따가운 시선에도 소윤은 끝까지 단호하게 대꾸했다. 케이크를 다 먹어 갈 때쯤엔 서러움에 눈물까지 삐죽 나오려는 걸 겨우 참았다. 그러는 통에 후드를 앞머리까지 한껏 뒤집어썼다. 소윤이 눈물이 안 나오게 사수하는 사이 이현은 맹목적인 추종자들과 디엠이나 하면서 무의미한 시간을 보냈다. 간간이 소윤을 도발하려는 듯 일부러 내용을 보이기까지 했다. 더는 참을 수가 없었다.

“나 먼저 갈게!”

“뭐야, 불러낼 땐 언제고 네 마음대로?”

“미안. 도저히 못 있겠는 걸 어떡해!”

“지소윤, 너 뭐냐? 너, 나한테 잘못한 거 없어?”

“내가 뭘 잘못했는데?”

“오늘 일, 내가 모를 거로 생각한다면 그건 네 착각이야. 난 거짓말하는 거 딱 질색이거든. 알아들었어, 지소윤?”

이현의 강압적인 말투와 묘한 미소에 소름이 쫙 끼쳤다. 스프링처럼 튕기듯 일어난 소윤은 빠르게 문까지 직진했다.

“야! 사과하는 게 좋을 거야.”

이현의 외침이 뒤통수 꼭지까지 쫓아왔지만, 그대로 문을 열고 바람을 맞으며 거리로 뛰쳐나갔다. 뭔가 분명히 잘못되었다는 생각을 머리에서 떨칠 수 없었다.

어색할 줄 알았던 이삭과의 관계는 소윤의 기우였다. 이전과는 다르게 복도에서 마주치면 고개를 끄덕이며 최소한의 알은체를 했고, 오히려 먼저 다가와서 짧게 말을 건네기도 했다. 그날 이후로 더 불편해질 줄 알고 마음을 졸인 소윤으로서는 어찌 보면 다행이었다. 둘 사이가 더 벌어지지도 좁혀지지도 않는 평행선이 되었다는 사실에 안도감과 동시에 안타까움이 들었다.

모범생과 일진, 이 말장난 같은 관계는 이삭의 배려로 어떤 의심도 사지 않고 평범하게 유지되었다. 그리고 그 배려가 얼마나

의식적으로 만들어지는 것인지를 깨닫는 데는 그리 오래 걸리지 않았다.

'날 위해 애쓰는 건가?'

돌이켜 보면 미리 정한 대본에 맞춰 대사를 읊는 기분이었다. 미안한 마음이 수치심으로 변했다. 방송실에서 내뱉은 '최악'이란 말이 문질러도 지워지지 않는 잉크처럼 가슴에 콕 박혀 있었다. 사실 진짜 최악은 자신이었는데. 제 사과를 받아 주지 않았다며 치기 어리게 굴었던 것에 비하면 이삭의 태도는 확연하게 어른스러웠다. 필요할 때 꼭 해야 할 말을 한다는 건 이런 걸까? 이토록 단단해지기까지 얼마나 많은 시행착오를 겪었을까? 소윤으로서는 가늠하기 어려웠다.

학교 담장 아래 담쟁이는 어느새 녹이 더 짙어졌다. 계절은 계속 앞으로 가고 있었다. 소윤의 마음도 어떻게든, 뒤늦게라도 쫓아가야 했다. 답을 구할 수 있을지 없을지 모르지만, 그래도 시도는 해야 했다. 더는 도망치고 싶지 않았다. 깨지고 부서지더라도 힘껏 부딪쳐 보고 싶었다.

10.
던져 버린 마음들

식탁 위 유리컵이 성긴 조명을 받아 길게 빛을 끌어당겼다. 짙은 그림자가 하얀 식탁보 위에서 기다란 기둥을 세웠다. 은 젓가락이 부딪치는 소리가 물결처럼 번졌다 사라졌다. 부모님의 결혼기념일이라, 오랜만에 셋이 외식을 했다. 부부의 사랑과 가족의 결합을 축복하는 의미 있는 자리였으나, 장소만 달랐지 삭막함은 여전했다. 아빠는 특별한 경조사 때나 신는 정장 구두의 먼지를 털어 내 신었고, 엄마는 1년에 손에 꼽을 정도로만 착용하는 값비싼 진주 목걸이와 귀걸이 세트를 걸쳤다. 소윤도 드물게 입는 셔츠에 카디건을 걸쳤다. 외출 준비라는 형식이 가족의 금을 일시적으로 매끈하게 다듬어 주는 듯했다. 바깥에서는 그럴싸해 보였지만, 눈 가리고 아웅 하는 꼴이란 걸 부정할 수 없었다.

한 달 전부터 예약한 비싼 한식집이었다. 고풍스러운 인테리어와 정갈한 분위기, 텔레비전 요리 프로그램의 고정 패널로 이름을 알린 요리사가 하는 곳이었다. 명인이 빚었다는 도자기에 품을 들인 고기산적이며 생선구이며 장아찌를 얹어 내왔다. 메인 요리로는 이곳이 아니면 먹을 수 없는 창의적인 메뉴가 눈과 입을 사로잡았다. 가득 차려 낸 음식을 소윤네 식구들은 말없이 먹었다. 마침내 종업원이 입안을 상큼하게 씻어 내려 줄 과일셔벗 디저트까지 놓고 방을 나섰다. 아빠가 헛기침과 함께 침묵을 깨트렸다.

"벌써 삼 년 됐네."

'3년'이란 단어가 소윤의 목구멍을 가시처럼 찔렀다.

"이제는 좀 달라져야 하지 않을까 싶어."

그 말끝이 평소의 아빠답지 않게 사소하게 떨렸다.

"무슨……."

"당신도 알고 있잖아. 얼마 전에 당신이 했던 일."

"난 왜 달라져야 하는지 모르겠는데."

석중의 물건을 찾는다면서 소윤을 채근했던 불똥은 아빠에게까지 튀었다. 엄마는 안방 옷장을 몽땅 헤집어 놓고도 모자라 퇴근하고 돌아온 아빠에게까지 석중의 축구 교실 유니폼 행방을 물었었다. 하필이면 그날 회사에서 이래저래 피곤한 일이 있었던 아빠였다. 평소 살가운 대화도 없었던 부모님은 신경이 곤두서서는 오랜만에 언성을 높였다. 결국 축구 교실 유니폼은 엉뚱하게도 석중의 방에 놓인 엄마 침대 가장자리와 벽 사이 틈에서 발견됐다. 누구도 그걸 엄마 탓으로 돌리지 못한 허무하고 잔인한 해프닝이었다.

엄마가 죽은 아들의 물건에까지 집착하는 것과 달리 아빠는 애써 모든 걸 외면하는 쪽을 택했다. 너무 아픈 나머지 떠올리는 순간 압도당할 것 같아서 기억을 일순 상실한 사람처럼 굴었다. 그것은 흉내라기보다는 생존에 몸부림치는 세뇌에 가까웠다. 서로 다르게 애도를 표하는 부모님 사이에서 소윤은 어느 쪽도 선택할 수 없었다. 그저 흘러가는 대로 순간순간 제 몸을 맡기는 것 말고는 할 수 있는 게 없었다. 어떨 때는 혼란이, 어떨 때는 망각이 제 몸을 고스란히 집어삼키는 걸 그대로 당해야 했다.

"내 친구가 정신과 의사인데 이번에 같이 상담 좀 받아 보자. 계속 이렇게 살 수는 없잖아, 안 그래?"

엄마의 젓가락이 허공에서 잠시 멈췄다. 가느다란 손목뼈가 불빛에 드러났다.

"이렇게가 어떤 건데? 내가 왜 상담 같은 걸 받아야 하는데?"

"지금 당신이나 나나 대화도 없이, 이게 사는 게 아니잖아. 죽은 애는 이제 놔줄 때도 됐어! 산 사람은 남은 인생 제대로 살아야 할 것 아냐!”

“어떻게 그렇게 쉽게 말해?”

엄마의 목소리는 낮았지만, 날은 잔뜩 서 있었다.

“당신은 벌써 잊었어? 그 애가 얼마나…… 얼마나…… 어처구니없게 죽었는지? 얼마나 허망하게 죽었냐고!”

마디진 손가락으로 식탁보를 세게 그러쥐자 식탁 위의 그릇들이 불안하게 중심을 잃었다. 코앞에서 벌어지는 일촉즉발의 상황에서 소윤이 할 수 있는 것이라곤 눈을 질끈 감는 것뿐이었다.

“고작 삼 년이야, 고작! 난 지금도 눈을 감으면 석중이가 현관문을 열고 뛰어올 것 같은데, 당신은 어쩜 그렇게 자기 아들을 빨리 잊을 수 있어?”

“말했잖아. 영영 잊자는 얘기가 아니야! 그냥 좀, 편하게 그렇게…….”

“편하게? 자식을 먼저 보냈는데 편하고 싶다는 게 대체 무슨 말이야! 당신은 정말 사람도 아니야. 개 죽고 나서 했던 당신 행동들 하나같이 너무 역겨워.”

소윤은 귓가에 쟁쟁거리는 목소리들의 불협화음에 심장이 쪼그라들다 못해 펑 터져 버릴 것 같은 압박감을 느꼈다. 아빠는 뭐라고 말하려는 듯 입을 달싹거리다 말고 눈썹을 매만지며 넥타이를 느슨하게 끌렀다. 그 잠깐의 정적마저도 목을 조이는 것만 같았다.

"나도 좀, 숨이라도 쉬어야 하니까."

"숨? 난 말이지, 이렇게 살아 있는 것도 미안해서, 그냥 다 놓고 싶어. 다 끝내고 그냥……!"

쿵!

식탁을 둔탁하게 내리친 소윤의 앙상한 주먹이 부들거렸다. 더는 한계였다. 어쩌면 부모님은 서로를 힐난하면서 내심 자신을 원망하는 것 같았다. 어디서나 그랬다. 세 사람이 모이는 유일한 장소, 밥을 먹으며 허기를 채우고 도란도란 있었던 일을 얘기하는 식탁은 어느 순간부터 소윤에게는 단두대와 같았다. 식탁 위의 온기는 얇은 얼음장처럼 사정없이 금이 갔고, 하나 마나 한 말들은 그 위를 조심스레 건너다가 커다란 마찰음을 냈다. 늘 그랬다. 서로의 말을 잇는 대신, 상처 위에 새 상처를 쌓아 올렸다. 쌓이고 쌓인 앙금은 그렇게 어둡게 발효되다 못해 까맣게 썩어 들어갔다.

"엄마 아빠, 나까지 여기서 배우처럼 연기하고 싶지 않아."

소윤은 목의 근육을 세웠다.

"아빠도, 그리고 엄마도 나 따위는 안중에도 없잖아. 난 도대체 뭐야?”

“소윤이 넌 또 무슨 소리야?”

아빠가 물었다.

“모르는 척하지 마! 석중이가 아니라 내가 죽었으면 이렇게까지 서로 비난하고 미워하지 않았을 거란 생각을 내가 얼마나 많이 한 줄 알아?”

엄마는 눈을 내리깐 채 멍하니 있었다. 미세하게 떨리는 어깨만이 엄마의 흔들리는 내면을 가만히 알렸다. 마음속에 꾹꾹 묵혔던 말을 내뱉는 게 무서우면서도 이것 말고 다른 해결 방법은 없다는 생각뿐이었다. 소윤은 앞으로 한 걸음이라도 내디디고 싶었다. 더는 과거에 머무르며 후회하고 싶지 않았다.

“그날 이후로 엄마는 날 제대로 봐 준 적이 단 한 번도 없어. 나는 엄마랑 앉아서 예전처럼 시시껄렁한 얘기도 하고 싶은데 엄마는 내가 끔찍하지? 눈도 안 마주치잖아. 내가 하는 말은 그냥 사소한 소음처럼 흘려보내잖아! 그래서 관심받고 싶어서, 외로워서 유튜브라도 시작한 거야. 누가 내 말 좀 들어 줬으면 해서!”

그간의 서러움이 목구멍을 타고 통제 불능의 화살처럼 쏟아져 나갔다.

“뭐라고 말 좀 해! 나한테 하고 싶은 말을 직접 하라고! ‘난 네가 죽길 바랐다.'고!"

엄마의 손이 번개처럼 올라왔다. 소윤의 뺨에서 폭죽 같은 소리가 터지며 살갗이 얼얼해졌다. 그 순간에도 엄마의 눈에는 빛이 없었다. 그냥 한없이 침잠하는 어둠, 절망 같은 것들만 서려 있었다. 소윤은 지체하지 않고 자리에서 벌떡 일어났다. 아빠가 다가왔지만, 의자 다리가 바닥을 긁는 소리와 미닫이문이 드르륵 열리는 소리만 길게 남았다.

소윤은 버스 안에서 몸을 웅크린 채 흐르는 눈물을 감췄다. 정류장에서 내리자마자 뛰고 또 뛰었다. 뺨의 열기와 바람의 찬기가 날카롭게 섞였다. 골목에는 축축한 냄새와 비릿한 휘발유 냄새가 겹쳐 있었다. 어디로 갈지 생각하지 못하는 머리를 발이 앞질렀다. 신호등이 바뀌는 속도에 몸을 맞추고 숨을 골랐다. 울음이 고개를 들지 못하게 애쓰며 힘껏 내달렸다.

그렇게, 익숙한 햇빛분식 간판 아래 서 있었다. 계산대 뒤에 앉아 있던 이삭이 소윤을 발견했다. 시선이 소윤의 눈물이 말라붙은 뺨을 향했음에도 눈이 커지지도, 미간을 찌푸리지도 않았다. 그냥 깊은 눈으로 소윤을 잠시 바라봤다. 이 익숙한 단단함에 소윤은 그제야 안도의 한숨을 크게 내쉬었다.

“들어가도 돼?”

“응.”

이삭이 건넨 생수의 차가움이 입천장에 닿자, 열기로 부서졌던 몸이 조금씩 자기 자리를 찾아 갔다. 이삭이 휴대폰을 든 채 주방에서 나왔다.

“나 정리하려면 아직 시간 좀 남았으니까 우리 집에 가 있어. 할머니랑 있어.”

“그래도 돼?”

“새삼스레 뭘 허락을 맡냐.”

11.
비 온 뒤의 단단함

할머니는 밀가루가 꽃가루처럼 내려앉은 앞치마를 손으로 탁탁 털었다.

"안 그래도 날이 서늘한 게 칼국수 밀고 있었는데 잘됐네. 밥 안 먹었지?"

"네."

소윤은 태연스럽게 거짓말을 했지만 반쯤은 사실이었다. 소윤에게 허기와 서러움은 늘 한집에 사는 가까운 친척 같은 감정이었으니까.

잠시 뒤, 따끈한 칼국수가 나왔다. 국물이 혀 위에서 순하게 퍼지다가 목으로 느릿하고 부드럽게 내려갔다. 숭덩숭덩 썬 신김치를 국수 위에 얹어서 입에 넣자 혀끝에서부터 찌릿한 침과 신맛이 물씬 올라왔다. 소윤은 멸치 육수로 진하게 맛을 낸 칼국수를 정신없이 먹었다. 마지막 국물까지 싹싹 긁어 먹자 할머니가 물었다.

"오늘 무슨 일 있었어?"

소윤은 국그릇 가장자리를 엄지로 쓰다듬으며 한참을 주저하다 입을 열었다.

"실은…… 부모님 결혼기념일이라서 다 같이 식사하러 갔어요. 그런데 제가 나쁜 말로 엄마한테 상처를 주고 뛰쳐나왔어요. 엄마가 많이 속상했을 거예요."

"아이고, 마음고생했구먼, 우리 아가가."

할머니는 아직 엷게 붉은 기가 남은 소윤의 뺨을 쓱 매만졌다. 주름이 가득 진 손바닥이 주는 친근한 온기에 가슴에서 뜨거운 게 훅하고 쏟아져 나왔다.

"실은 삼 년 전에 제 동생 석중이가 죽었어요. 제가 조금만 더 주의를 기울였더라면, 지금 살아 있을지도 모를 앤데……. 그래서 엄마는 제가 보기 싫은가 봐요. 제가 아무리 애를 써도 엄마는 이전처럼 돌아오질 않아요."

눈물이 바닥으로 뚝뚝 떨어졌다.

"그날 이후로 모든 게 제자리에서 밀려난 느낌이 들어요. 다 잘못된 것 같은데 어떻게 풀어야 할지 모르겠고, 마음에 드는 것도 하나 없고, 하나같이 별론데……. 근데 그중에서 제가 가장 엉망이에요.”

한숨이 단어들과 뒤엉켜 나왔다. 두 사람은 한동안 아무 말 없이 그렇게 있었다. 간헐적인 소윤의 울음소리만이 고요함을 깨트릴 뿐이었다. 섣부른 위로도, 훈계도 담겨 있지 않은 할머니의 침묵은 비어 있지 않았다. 앉아 있는 것만으로도 무게를 건네는 것, 그건 강수자 할머니만의 방식이었다. 소윤의 울음이 잦아들 무렵, 할머니 손이 소윤의 손등을 덮었다.

“우리 착한 소윤이가 혼자 끙끙 앓았겠구먼.”

손가락은 아주 가볍게, 그러나 분명하게 소윤의 힘겨운 떨림을 쓰다듬었다.

“근데 말이지, 제 배 아파 낳은 새끼가 둘인데 하나가 먼저 갔으면 엄마 가슴에 큰 구멍이 나지 않았겠어?”

“구멍이요?”

“그래, 구멍. 그 구멍을 급하게 대충 흙으로 메우면, 가랑비 오면 다시 푹 파이거든. 그러면 그 땅에 심은 것들도 요란하게 흔들리지. 같이 있는 사람들도 느껴질 만큼 아주 불안정하게.”

“……”

“사람 마음이란 게 이 땅과 같아. 충분히 차오를 때까지 기다려야 해. 조금 오래 걸리더라도 옆에서 물도 주고 거름도 주고,

조금 단단해졌다 싶으면 옆에서 발로 콩콩 밟아도 주고 하는 거지. 그렇게 엄마의 마음이 기름진 땅으로 되돌아올 때까지 있으면 너도 아주 단단해질 거야. 그럼 이후에 그만큼 힘든 일이 반복되더라도 더 잘 견디게 될 거란다. 그러니까 엄마가 돌아오는 시간 동안, 너는 너 하던 대로 열심히 살아. 밥도 잘 먹고, 잠도 푹 자고, 울고 싶으면 펑펑 울고 다 털어 내."

할머니의 허락이 떨어지자마자 눈물이 길을 찾은 듯 쏟아졌다. 어지럽게 쌓아 둔 감정이 포개지듯 눈물을 타고 내려왔다.

"근데 저는요……. 저 기다리는 시간만 길다고 불평했나 봐요. '엄마한테 이렇게 말하면 안 되는데…….' 하는 순간 어떻게 될지 알면서도 멈추질 못했어요. 제가 아픈 만큼 상처를 주고 싶었나 봐요."

"그건 네가 나빠서가 아니란다. 네 마음에도 종일 비가 넘치도록 왔잖니. 그걸 고작 열여덟 살밖에 안 되는 아가, 네가 다 감당할 수 있을 줄 알았어?"

"정말 그럴……까요?"

"암, 둑이 잠깐 넘친 거야. 물 빠지고 흙 마르면 물길도 제자리로 돌아가듯, 엄마의 땅도 네가 세운 마음의 둑도 다시 튼튼해질 테니 지금은 스스로 때리지만 말어."

할머니가 웃으며 말했다. 할머니에게 마음속에 가둬 뒀던 케케묵은 고민을 털어놓자, 몸 바깥에 있던 것이 안쪽으로 돌아와 조금씩 제자리를 찾아 가는 느낌이 들었다. 할머니의 말은 길지는 않았지만 긴 시간 동안 등을 쓸어내려 주는 엄마 손 같은 위로였다.

"시간이 다 안 지나면 덜 붙어. 네 엄마는 소윤이 너한테 크게 미안할 거야. 그리고 언젠가……."

그때 현관문이 열리고 이삭이 들어왔다.

"어, 이제 왔냐, 울 손주?"

"네. 얘기 잘 했어?"

이삭이 소윤에게 물었다.

"응. 역시 오길 잘한 것 같아. 또 맛있는 칼국수도 얻어먹고."

"다행이네."

"난 이제 가야겠다."

"나 지금 왔는데 벌써 가려고?"

"무턱대고 갑자기 뛰쳐나와 버려서 엄마 아빠가 많이 놀라셨을 거야."

"그래……."

"나한테 따로 할 말 있어?"

"아니. 있어도 나중에 하면 되니까."

"그럼 나 갈게."

소윤은 현관문 앞에 서서 문고리를 돌렸다. 계단을 나서기 전 고개를 돌려 이삭을 바라봤다. 언제고 변함없을 것 같은 표정, 그 입가가 위로 조금 비틀려 올라갔다. 어느 순간 일상에 특별한 실금을 내며 서로를 바라보던 그 모습대로 소윤의 입꼬리도 위로 올라갔다. 남들은 눈치채지 못할 둘만의 신호를 공유하는 이삭과 소윤의 눈가에 따뜻함이 스며들었다.

"고마워, 서이삭! 내일 학교에서 만나!"

이삭이 손을 흔들었다.

그날 밤, 소윤은 침대에 앉아 휴대폰을 켰다.

– 나 집에 잘 도착했어…….

이 간단한 문장 보내기를 몇 분째 주저하는 중이었다. 과한 의미가 달라붙지 않게끔, 그렇다고 진심이 묻히지 않게끔. 머릿속으로 단어들을 고르고 골라서 썼다 지우기를 반복했다.

– 곰곰이 생각해 봤는데, 서이삭, 넌 나한테 최선이었어.

이걸 모른 척 최악으로 굴어서 미안해.

마침내 전송 버튼을 눌렀다. 소윤에게는 내내 미뤄 뒀던 숙제였다. 이 뜻하지 않은 메시지가 둘 사이에 어떤 파열음을 낼지 걱정과 기대가 동시에 들었다.

일요일 아침, 이제 막 눈을 떴는데 바깥이 소란스러웠다. 문을 열고 나가니 베란다 창문의 커튼이 활짝 열려 있었다. 평소와 크게 다르지 않은 풍경이지만, 뭔가 정돈된 분위기였다. 엄마는 방과 방을 돌아다니면서 거실 한쪽에 놓인 상자에 석중의 물건들을 담고 있었다. 석중이 애기 때부터 덮던 낡은 애착 이불, 옷가지며 장난감, 석중이 좋아하는 축구 선수를 찍은 구겨진 포토 카드 몇 장, 흙먼지 묻은 운동화, 플라스틱 호루라기, 지석중 이름이 쓰인 푸른색 일기장, 그리고 문제의 씨앗이던 축구 교실 유니폼도 보였다. '설마……' 불길한 예감이 소윤의 머리를 스쳤다.
"일어났니? 왜 더 자지 않고."
"엄마, 이게 다 뭐야?"
엄마의 태연한 목소리에 소윤의 발이 저절로 달려갔다. 그러고는 엄마의 손아귀에 구겨진 석중이 받아 온 과학 상상화 그리기 상장을 빼앗았다. 엄마는 고개를 한번 들었다 다시 숙였다. 말간 얼굴이었다. 여전히 무감해 보였지만, 소윤의 착각인지는 몰라도 평소와는 다른 생기가 아른거렸다.

"늦은 감이 있지만, 이제 보내 주려고."

"그래도 그렇지, 이렇게 갑자기?"

"자꾸 붙잡고 있는 게 오히려 다 망가트리는 것 같아. 소윤이 너한테도 엄마가 못 할 짓 이미 많이 했잖아. 이렇게 지내는 걸 석중이가 보면 많이 속상할 거야."

"그래도 괜히 나 때문에 성급하게 보내지는 마, 엄마."

왠지 모를 조급함에 목소리 끝이 갈라졌다. 엄마의 입가에 희미한 미소가 살랑였다. 엄마는 소윤의 손을 조심스레 잡고는 손가락 마디에 힘을 주었다. 가슴속에서 감정이 북받쳐 올라와서 소윤은 깊이 숨을 몰아쉬었다. 소윤은 엄마의 손을 꼭 맞잡고서 말했다.

"저건 일단 내 방에 둘게. 나도 헤어지기 전에 석중이랑 작별 인사 하고 싶어서 그래. 그래도 되지?"

부탁이 무리한 애원처럼 들리지 않기를 바라며 소윤은 말끝을 삼켰다. 엄마가 상자를 향해 손을 뻗다가 멈추고는 천천히 손을 거뒀다. 엄마의 눈가에 물기가 서려 반짝거렸다.

"그래, 소윤이 좋을 대로 하자."

엄마의 말에는 그간의 수치스러움과 고마움이 엉켜 있었다.

소윤은 방으로 들어와 침대맡에 상자를 두었다. 상자 뚜껑을 손가락 끝으로 가만히 쓸었다. 이전과는 달라진, 아주 작지만 분명한 변화였다. 중압감으로 묵직하고 뻐근했던 어깨가 한결 가벼워진 느낌이었다.

"석중아, 누나가 미안해. 보고 싶다, 내 동생."

허공에 뱉은 말이 공중으로 흩어졌다. 수신인 없는 안부 인사였지만, 듣고 있을 거라는 믿음이 소윤의 가슴을 가득 채웠다. 텅 빈 방 안의 적막한 고요가 안심의 증거처럼 느껴졌다. 침대에 누워 눈을 감았다. 오랫동안 어둠을 헤매다 저 멀리 작지만 분명하게 반짝이는 등대의 불빛을 마주한 기분이었다. 항상 집에 있어도 집이 그리웠다. 낯선 곳에 있는 이질감을 느꼈었는데, 오늘만큼은 목적지 없는 긴 여행 끝에 마침내 집에 도착한 안락함이 느껴졌다.

12.
악연의 끝, 악몽의 끝

부엌의 물 끓이는 주전자가 숨을 고르듯 작게 흔들렸다. 과일과 빵이 소담하게 담긴 바구니 위로 해그림자가 비스듬하게 드리웠다. 잼 뚜껑을 열 때 나는 경쾌한 딸깍 소리가 집 안의 정적을 부드럽게 밀어 올렸다. 소윤이 방에서 나와 식탁 앞에 앉았다. 엄마는 기다렸다는 듯이 갓 구운 토스트에 버터와 잼을 얇게 발라서 소윤의 접시에 놓아 주었다.

"네가 좋아하는 마멀레이드(오렌지나 레몬 등의 겉껍질로 만든 잼)가 있길래 사 봤어."

엄마가 설핏 눈웃음을 지으며 말했다.

"와, 진짜네! 잘 먹을게, 엄마."

이런 엄마의 노력이 얼마나 귀한 것인지 알았기에 소윤도 활짝 웃으며 답했다. 떠올려 보면 참 밝고 강한 사람이었던 엄마는 자식을 잃고 한순간에 표정을 잃은 사람이 되었다. 꽤 오랜 시간을 엄마 역시 길을 잃고 헤맸다. 그랬던 엄마가 천천히 걸음을 내딛는 중이었다. 과장되지 않게 감정을 전달한 말 뒤에는 조심스러운 마음이 줄줄이 매달려 있었다. 따뜻함이 발목에서부터 찰랑거렸다. 소윤네 집은 아주 천천히, 제 본래의 온기를 되찾는 중이었다.

내친김에 소윤도 좀 더 용기를 내기로 했다. 보호하려고 입었던 가짜 갑옷을 벗는 일이었다. 이를테면 아무 감정도 느껴지지 않는, 오히려 나쁜 영향력을 끼치는 사람과 이별하는 일 말이다. 며칠 후, 소윤은 이현에게 만나자고 메시지를 보냈다.

해가 기울기 시작하자 학교 앞 사거리의 보도블록이 희미하게 광을 냈다. 종종 가던 카페 앞에 선 이현은 검은 모자에, 얇은 바람막이 점퍼를 입었는데도 평소대로 존재감을 드러냈다.

"잘 지냈어? 떨어져서 생각해 보니 네가 뭘 잘못했는지 이제 알겠어?"

소윤은 기가 막혀서 잠시 이현을 바라봤다.

"일단 안에 들어가서 뭐 좀 마시자."

"아냐, 여기서 할래. 우리, 그만 헤어지자."

한 치 망설임도 없는 소윤의 단단한 말투에 이현의 의기양양

함이 얼굴에서 싹 가셨다.

"뭐? 그게 무슨 말이야? 내가 지금 너한테 차인다고?"

이현의 오만한 태도에 한숨과 짜증이 소윤을 덮쳤다.

"차인다는 것보다는, 우리가 맞지 않는 것 같아서 이쯤에서 그만하자는 거야."

"그만하긴 뭘 그만해! 누가 봐도 너랑 나는 잘 어울려. 비주얼 합도 맞고!"

너무도 진심인 이현의 모습에 소윤은 그저 코웃음이 났다. 그러나 이 상황에서 괜히 웃었다가는 쓸데없이 심기나 건드릴 뿐이었다.

"넌 정말 여전히 남들 눈에 우리가 어떻게 보일지만 신경 쓰는구나? 내가 유튜버도 뭣도 아니었으면 네가 나한테 관심이나 가졌겠니?"

"아, 시끄럽고! 맞고 안 맞고는 네가 아니라 내가 정해!"

"내가 불편하다고! 네가 뭔데 나한테 이래라저래라야! 너 아주 쇼하는 데 나 들러리 서는 것도 지겨우니깐 이쯤에서 끝내!"

"헛소리 마, 지소윤. 처음에 좀 튕긴 거 봐줬다고 뭘 단단히 착각하나 본데, 네까짓 게 날 차? 네가 감히……!"

이현의 얼굴이 굳으면서 목소리가 한 톤 낮아졌다. 성큼 한 발다가서며 소윤을 압박했다. 뒤는 물러설 수 없는 벽이었다. 이현의 그림자가 소윤의 얼굴로 향하는 햇빛을 가렸다. 까치발을 하고 주변을 살피는데 걸어 나오던 세진과 눈이 마주쳤다. 세진은 두 손을 주머니에 넣은 채, 일순 정지 화면처럼 서 있었다. 소윤의 간절한 기대와는 달리 세진은 이내 고개를 숙이고 걸음을 이어 갔다. 눈길을 준 것도, 이 상황을 빠르게 파악한 태도도 분명했지만, 빠른 발걸음으로 사라졌다. 실망감이 가슴을 채웠다.

“물러서.”

“싫은데?”

이현의 입꼬리가 위로 올라갔다. 물러서지 않고 죽일 듯이 응시하는 이현의 눈길에 소윤은 반사적으로 어깨를 웅크렸다. 심장이 한 박자 빨리 뛰고 목에서 그르렁거리며 얇은 비명이 올라오려는 순간,

“학생들, 여기서 뭐 하는 거야?”

경비 아저씨가 미간을 찌푸리며 다가왔다. 이현이 팔을 풀며 못마땅한 표정으로 돌아섰다. 소윤은 안도감으로 숨을 헐떡였다.

“여기 학교 앞인 거 몰라? 거기, 여학생, 괜찮아?”

소윤은 잽싸게 이현을 제치고는 경비 아저씨 뒤편에 섰다. 이현은 눈을 크게 떴다가, 힐끗 소윤과 아저씨를 번갈아 보더니, 코

웃음을 쳤다. 그러고는 모자를 눌러쓰며 빠르게 뒤돌아섰다. 몇 걸음 가던 그가 고개를 비스듬히 돌렸다.

"지소윤, 네가 나한테 한 행동 꼭 후회하게 해 줄게."

가볍게 던진 돌 같은 말의 낙차가 컸다. 소윤은 아무 대꾸도 할 수 없었다. 휴대폰을 꼭 쥔 손이 뻣뻣해졌다. 이현이 시야에서 멀어지고 나서야 소윤은 깊게 숨을 들이쉬었다. 손등 위로 아직 잔떨림이 파도처럼 밀려왔다. 소윤은 마른 입술을 축이며 자신이 낸 용기를 곱씹었다.

하늘 위 구름은 잘 마른 빨래처럼 쨍한 흰빛을 띠며 청명한 창공과 높은 대비를 이뤘다. 눈부신 햇살을 받은 모래알들이 지천에서 반짝였다. 운동장 구석 벤치에 앉은 소윤은 긴장감을 털기 위해 발 구르기를 했다. 잠시 후, 들려오는 발걸음 소리에 고개를 들었다. 가벼운 모래바람을 몰고 온 이삭의 손에는 작은 포장 봉투가 들려 있었다.

"뭐야?"

이삭은 대답 대신 소윤에게 봉투를 건네며 턱짓만 했다. 봉투 안에는 연한 핑크빛 드림캐처가 들어 있었다. 가늘고 탄탄한 실을 돌돌 감은 둥근 고리에 여러 가닥의 실로 거미줄처럼 엮은 그물을 씌운 것인데, 중심으로 갈수록 별의 꼭짓점처럼 그물이 촘촘하게 얽혀 있었다. 꼭짓점에 달린 쌀 한 톨만 한 은빛 구슬은 빛이 닿을 때마다 영롱하게 반짝였다. 그 아래로 길이가 다른 세 가닥의 줄마다 딸기우윳빛 깃털이 살랑거렸다. 하얀 실과 은빛 구슬 알이 간격을 두고 묶인 게 꼭 거미줄에 달린 투명한 물방울 같았다. 깃털이 서로 스치며 사라락 얇은 종잇장 소리를 냈다.

소윤이 바람결에 부드럽게 흔들리는 드림캐처를 황홀한 듯 바라보고 있자 이삭이 쭈뼛거리며 입술을 뗐다.

"다행히 최악은 면했네. 아직은 사람으로서 가능성이 남아 있나 봐."

소윤은 이삭답지 않은 행동과 말에 웃음을 터트렸다.

"뭐야, 내가 한 말이 내내 신경 쓰였던 거야? 완전 웃겨, 서이삭! 너도 부끄러운 게 있었네? 솔직하니까 얼마나 좋냐?"

"나는 솔직했을 때 얻어진 게 거의 없었어. 오히려 그 반대로 실망만 컸어."

"……."

"그렇다고 억지로 기분을 띄워서 꾸며 봐도 결과는 마찬가지였어. 아니, 더 망가졌지. 그러다 보니 아무것도 바라는 게 없어졌어. 침묵이 편했지."

“그래서 일부러 사람들을 멀리한 거야?”

“쏘패로 사니까 사람 사이의 귀찮은 일도 사라지고 쓸데없이 감정 낭비할 필요도 없어서 편했어. 바라는 걸 줄이니까 덜 아프고. 그냥 해야 할 공부만 하면 되니까 성적은 자연스레 올라갔고. 머리가 나쁘진 않은지 그나마 공부가 나한테는 가장 쉬웠어. 네가 유튜브를 잘하는 것처럼.”

“잘하거나 좋아서 한다기보단 내 감정이 폭죽처럼 터질 것 같아서 시작한 거였어. 운이 좋았지. 할머니한테 혹시 못 들었어? 내 동생 얘기……”

“……들었어. 그래서 네가 멋있다고 생각했어. 넌 나처럼 도피한 건 아니니까.”

“하나도 안 멋있는데. 아무튼 고마워.”

“이게 진짜로 효과가 있는지는 모르겠는데 네가 악몽 안 꿨으면 좋겠어.”

이삭의 귀 끝이 천천히 붉어졌다.

“야, 서이삭, 너 이러다가 내 최애 되는 거 아냐?”

“뭐……. 그럼…… 안 돼?”

바람이 단어 사이를 천천히 지나갔다. 말들이 두 사람의 들숨과 날숨의 간격에 맞춰 어지럽게 흩어졌다 모여들었다. 소윤은 괜한 조바심에 드림캐처의 깃털을 조심스럽게 쓸었다. 아무 데도 닿지 않은 손끝으로 누군가의 오래된 진심을 어루만지는 기분이었다. 바람이 간질간질 가슴을 간지럽혔다. 허파에 공기가 차고 그 청량한 바람이 자꾸 목울대를 터트릴 듯 꽉 차올랐다. 피식 바람 빠지는 웃음이 새어 나갔고, 그 낯간지러움은 이삭에게도 전염됐다.

"그런데!"

소윤이 정색하며 눈썹을 살짝 올렸다.

"난 고백은 남자가 해야 한다고 생각해. 넌 똑똑하니까 이 정도 말했으면 알아듣지?"

이삭은 숨이 걸려 넘어질 뻔한 사람처럼 캑캑 기침을 했다.

"넌, 남자 친구 있잖아."

"그 애랑은, 끝났어."

소윤은 단호하게 잘라 말하고는 드림캐처를 흔들며 장난스럽게 눈을 찡긋했다. 이삭의 귀에 머물렀던 붉은 기는 이제 뺨까지 확장됐다.

"어, 그, 나, 지금 담임한테 생기부 갖다줘야 해. 수업 준비, 그러니까, 나중에 또 봐."

이삭은 허둥지둥 말을 주워섬기더니 뒷걸음질 쳤다.

“짜식, 나처럼 박력 있는 여자는 처음인가 보군. 허둥지둥 도망을 다 치고.”

소윤은 멀어지는 이삭의 뒷모습을 가만히 바라봤다. 그 뒷모습이 곧은 선처럼 멀어질수록, 소윤의 가슴 안쪽에서 작은 웃음이 고여 올라왔다.

집에 돌아온 그날 저녁, 이삭에게서 받은 드림캐처를 침대 머리맡 고리에 걸었다. 전등 스위치를 내리고 침대 옆 탁자에 둔 스탠드를 켜자 벽면에 비친 드림캐처 실루엣이 아련한 동심원을 그렸다.

“석중아, 이거 누가 사 줬게?”

소윤의 꿈속에 나오는 석중은 늘 두려운 존재였다. 어둡고 일그러지고 기괴했다. 그러나 석중은 늘 누나를 염려하는 말을 뱉었다. 위험하다고, 오지 말라고 걱정했다. 꿈속 석중의 모습은 어쩌면 소윤의 잘못된 죄책감과 망상에 기반한 가짜 모습에 지나지 않았다. 동생에 대한 올곧은 기억마저 애도할 자격이 없다고 여긴 그릇된 생각. 드림캐처 가운데 박힌 작은 은빛 구슬이 어둠 속에서 눈을 감았다 뜨듯이 미세하게 반짝였다. 나쁜 꿈을 걸러 내겠다는 다짐보다도 오늘 밤은 그리운 동생을 마주할지 모른다는 기대가 일었다. 상처는 여전했고, 두려움도 완전히 사라지지 않았다. 하지만 눈을 감자, 어둠은 예전만큼 깊지 않았다. 칠흑이 아니라, 새벽 직전의 푸른 어둠처럼 날이 밝아 올 거라는 희망을 품은 짙음이었다. 드림캐처의 깃털이 공기를 슬쩍 긁는 소리가 들린 것만 같았다. 소윤은 천천히 숨을 들이마셨다. 어제보다 길고, 어제보다 덜 아픈 호흡을 뱉으며 그렇게 잠이 들었다.

13.
대충 그럭저럭 잔잔한 행복

휴대폰에 구독자 증가 알림이 뜨는데도 소윤은 화면을 밀어 올리지 않았다. 예전 같으면 조회 수 변동에 가슴을 졸이고, 악플과 칭찬에 하루에도 몇 번씩 체온이 달아올랐다 식었다 롤러코스터를 탔다. 억지로 간 쇼핑몰의 형광등 아래서 보정 앱으로 잔뜩 꾸며 봐도, 거울 속 소윤의 얼굴엔 지워지지 않는 피로와 자괴감이 눈두덩에 깊게 쌓였다. 소원대로 보는 눈이 늘면 늘수록 기쁨은 반비례했다. 인기의 풍족함이라는 이면에 자신을 졸라매고 채찍질하는 투명한 감시가 더 견고해졌기 때문이다. 계속 위만 쳐다보느라 턱이 빠진 채 혹독한 자기 검열의 감옥에 가두는 디지털 노예나 다름없었다. 하루만 쉬어도 경쟁에서 밀려서 큰일이 나는 줄 알았는데 막상 놓아 버리니 아무것도 아니었다. 요즘의 소윤은 진정한 자유를 만끽하는 중이었다.

오늘의 브이로그는 집에서 시작했다. 삼각대를 식탁 위에 두고 초점을 맞췄다. 화면 속 내가 예쁘지 않아도, 후줄근한 옷차림이어도 괜찮았다. 손톱 주변의 거스러미, 무심하게 묶어 빠져나온 잔머리, 무릎이 살짝 나온 추리닝 차림은 꾸밈없이 자연스러웠다.

집 대청소로 해묵은 먼지들을 소탕하는 기분은 상쾌하기 그지없었다. 한바탕 몸을 쓰니 배가 출출했다. 그동안 다이어트를 하느라 못 먹었던 라면을 먹기로 했다. 내친김에 달걀도 한 개 톡 까고 칼칼한 청양고추도 송송 썰어 넣었다. 통통하게 잘 익은 라면을 후루룩 삼켰다. 짭조름한 강한 맛이 혀끝에 기분 좋게 맴돌았다. 팝업 스토어에서 몇 시간씩 줄을 서서 어렵게 구한 마카롱 따위와는 비교되지 않는 중독성 강한 맛이었다.

일상의 작은 것으로도 충분히 채워진 하루, 오늘의 집 청소와 라면 먹방 콘텐츠는 성공적이었다. 누구의 판단도 필요 없는 소윤의 생각이었다.

"어디 이제 소화도 시킬 겸 피아노 좀 쳐 볼까?"

소윤은 요즘 피아노를 다시 치기 시작했다. 꽤 오랫동안 쳤던 피아노였다. 그러나 석중의 사고 이후로 집에서 피아노를 다시 칠 순 없었다. 아름다운 선율로 귀를 매혹하고 마음을 풍요롭게 만드는 시간을 즐기는 건 사치를 넘어선 기만이라고 생각했다.

이 집에서 침묵은 또 다른 형태의 형벌이었다. 누가 굳이 가르쳐 준 것도 아니지만, 각자의 마음속 배경 음악은 아마도 내내 애도의 진혼곡이 아니었을까. 석중이 원하는 방향은 어떤 것일까, 정답은 뭘까 그런 고민을 며칠 전까지 했었다. 석중이 만약 우리 곁에 가끔 찾아온다면 이전과는 달라진 가족들을 기뻐할까 하는 생각에 다다랐다. 적어도 그건 아니라고 말할 수 있었다. 누구보다 쾌활하고 웃음 많던 동생이라면 남은 사람들이 자신과 함께한 시간을 추억하며 건강하게 살아 내는 것을 원하지 않았을까.

석중과 함께 쳤던 〈젓가락 행진곡〉이 기억났다. 녀석은 잘 치기보다는 누나와 함께 친다는 것에 몰두해 있었다. 일부러 엉망으로 치며 우스꽝스러운 표정을 짓고 빵 웃음을 터트렸다. 그때의 즐거웠던 경험과 설렘을 상기하고 싶었다. 유튜브 말고 몰두할 행동이 필요하다고 판단하던 터였다. 피아노 연주는 탁월한 선택이었다.

건반에 손가락을 올려 지그시 누르자 선율이 미끄러지듯 거실을 훑으며 퍼져 나갔다. 옷소매가 흘러내린 팔목, 샵과 플랫을 오르락내리락할 때 생기는 작은 실수와 작은 헛기침까지. 그 모든 것을 소윤은 숨기지 않고 그대로 받아들였다.

창틀에 쪼르르 놓인 화분의 초록색 이파리가 생기 있게 빛을 냈다. 골목에서 사이렌 소리가 멀리서 들려오다가 짧게 꺾였다. 악보를 넘기며 소윤은 저도 모르게 미소를 머금었다.

저녁을 한참 넘긴 시간, 부부 상담을 갔던 엄마와 아빠가 돌아왔다. 양손을 주머니에 넣지 않은 반듯한 아빠의 등과, 그 등에 살짝 손을 댄 엄마의 모습이 소윤의 눈에 보기 좋았다.

"이제 왔어? 늦었네."

"응, 밥 먹고 교외 카페에 가서 차도 한잔 마셨어."

"너무 좋다! 잘했네. 뭐 드셨대?"

"십 년 만에 찾은 집인데 아직도 그 자리에서 장사하고 있더라. 그 집 김치말이국수 참 맛있잖아. 만두도 그렇고. 오래간만에 아주 맛있게 먹었어."

아빠가 여운이 느껴진다는 듯 입맛을 다시며 말했다.

"우리 같은 단골들이 계속 찾아 주니까 그렇지."

"주인 할머니 정정해 보이셔서 건강만 잘 지키시면 앞으로도 십 년은 문제없겠던데? 다음엔 소윤이도 같이 가자!"

"응, 좋아!"

문장 뒤에는 여전히 어색함이 달려 있었지만, 그 어색함이 묘하지 않게 어울리는 기분이었다. 실이 몇 가닥 끊어진 연이 바람에 엉겨 붙어서 드디어 같은 방향으로 천천히 바람을 타고 하늘을 날았다. 최근의 브이로그 카메라 앵글은 이런 장면들 위주였다. 부서지고 깨진 파편을 이어 붙인 꾸밈없는 날것 그대로 말이다. 제목은 이랬다. '요란한 날은 조금 질렸으니까, 오늘은 이렇게 잔잔하게 살게요'. 바뀐 분위기처럼 댓글도 각양각색이었다.

– 유니럽 초심 잃었네. 귀찮으니까 대충 찍은 듯
– 노잼, 구독 취소하고 갑니다!
– 그래, 가짜 인생 지칠 때도 됐죠. 이해는 갑니다.

부정적인 댓글들은 언제 봐도 적응이 안 된다. 보는 순간, 갈고리에 눈동자를 긁히는 것 같다. 그래도 예전과 달라진 게 있다면 그런 기분은 잠시일 뿐, 장점이 더 많았다. 예를 들면 오히려 진짜 자기 팬들을 얻었다는 기쁨과 안도감이 훨씬 크다는 것이었다. 안정감이라는 말을 부쩍 이해하는 요즘이었다.

– 전 요즘 올라오는 영상이 훨씬 더 좋아요. 이제야 진짜 편해 보여요!
– 내가 이상한 건가? 소소하니 구석구석 재미있는데?
  근데 피아노 잘 치신다!
– 다 좋은데…… 쫌만 자주 업뎃해 주시면 안 될까요?

언니 팬이에엽! > - <

　광고 제안 메일은 이전보다 줄었고 카테고리도 달라졌다. 화장품 같은 것들 대신 식품이나 필기구 같은 품목들이었다. 화장하고 예뻐 보이는 데 공들일 필요가 없었다. 그저 먹고 즐기면 그만이었다. 돌덩이 같던 마음이 풍선처럼 가벼워졌다. 어디에도 구속되지 않는 자유로움을 편안하게 즐기고 싶었다.
　또 하나 소윤의 삶에 크게 달라진 게 있었다. 어울릴 것 같지 않은 모범생과 사귀게 된 것이었다. 그것도 그 아무 감정 없는 쏘패 서이삭에게 진짜로 고백을 받을 줄이야! 소윤은 아직도 그때를 생각하면 웃음이 비실비실 났다.

　월요일 점심시간 뒤, 운동장 한쪽에 해그늘이 길게 내려앉은 시간이었다. 이제는 지정석이 된 그 벤치에 앉은 소윤이 발끝으로 까슬한 모래를 긁고 있었다. 두 손을 주머니에 넣은 이삭이 소윤을 향해 걸어오더니 엉거주춤한 자세로 섰다.
　"뭐야, 할 말이라는 게?"
　"그게, 그러니까…… 할 말이…… 뭐냐면……."
　이삭이 평소와 달리 뜸을 들일 때마다 소윤의 심장은 한 박자 더 빨라졌다. 등을 쭉 곧게 폈던 자세는 긴장으로 살짝 기울었고, 손바닥에는 어느새 땀이 촉촉하게 뱄다. 이삭의 관자놀이께에도 송골송골 땀방울이 맺혔다. 푸르다 못해 시린 가을 하늘의 상큼한 바람 아래서 두 사람의 체온은 한여름처럼 높았다. 이삭이 괜한 헛기침을 뱉었다. 손등으로 이마를 지나 턱선까지 훔쳐 내렸다. 입술을 달싹였다. 누구 앞에서도 긴장하거나 머뭇거림이 없던 아이였다.

"좋아해."

"······누굴? 누가?"

"여기 너밖에 없는데 누구겠냐?"

"모르지, 나는. 목적어, 주어 다 빼먹었으니까."

소윤의 능청에 이삭이 입술을 앙다물었다.

"지소윤을, 내가, 좋아한다고."

매일 불리던, 그래서 감흥 없는 이름을 다른 누구도 아닌 이삭의 입에서 듣는 순간 소윤의 몸에 전율이 일었다.

'서이삭이 날 좋아한다고? 누구도 아닌 나를?'

발끝에서부터 올라오는 기분 좋은 떨림을 내색 안 하려고, 꾹 참으려고 소윤은 두 발을 가지런히 모았다.

"네가 어떻게 반응해도 상관없어. 내가 원하는 대로 안 나와도 괜찮아. 나는 그냥 이 말을 너한테 전하고 싶었어. 어쨌거나 난 임무를 완수한 거야.”

“어이구, 하여간 누가 쌉 티(T) 아니랄까 봐……. 고백도 너답다, 진짜! 암튼…….”

소윤은 눈을 굴리며 빤히 저를 보는 이삭에게 곱게 눈을 흘기며 말했다. 이삭의 고백은 어떤 화려한 수식어 없이 간결했지만, 표면 장력이 세게 잡힌 물처럼 흔들리지 않는 단단함이 느껴졌다. 애써 꾸미지 않고 고이 꺼낸 그 문장이 소윤의 가슴속으로 덜컥 들어왔다. 소윤이 눈을 깜빡이며 이삭을 바라봤다.

“고마워.”

“뭐, 아니야.”

“그럼 이제 우린…….”

“지금 대답 안 해도 돼.”

이삭이 조급하게 덧붙였다.

“뭐?”

“나, 급한 사람 아니니까.”

“그러면, 나만 급한 사람 되는 거야?”

“뭐, 뭐가?”

소윤이 배시시 웃으며 뜸을 들였다.

"나도 네가 좋아. 우리, 오래 같이 좋아해 보자."

바람이 벤치 발판 아래를 스쳐 지나갔다. 소윤이 이삭에게 손을 내밀었다. 이삭이 아주 조심스레 손을 내밀어 악수했다. 얇은 설렘이 목울대를 간질였다. 소윤은 그때의 감촉이 아직도 생생했다. 전혀 안 어울릴 것 같은 일진과 모범생 커플은 조심스럽게 연애를 시작했다.

14

설렘 과다 비밀 연애

“할머니 기차 타시는 날이야. 역에 같이 가 줄래?”

“그럼! 당연하지!”

소윤은 고개를 세차게 끄덕였다.

무인 발권기 앞에서 표를 끊는 사람들의 설레는 표정과 넓은 홀에 울리는 안내 방송 소리, 여행 가방을 끌고 기차를 타러 가는 사람들이 얽히고설킨 역 대합실은 이른 아침임에도 기분 좋은 분주함으로 가득했다. 기차 시간이 가까워 오자 할머니가 팔을 벌려 소윤의 등을 부드럽게 안았다. 할머니의 거친 손이 주는 부드러운 온기는 언제나 말로 다 못할 포근함을 주었다. 그 안온함에 소윤의 눈이 저절로 감겼다. 할머니는 그렇게 한참을 토닥거린 후, 소윤의 어깨를 잡고서 오래도록 얼굴을 들여다봤다.

“우리 소윤이가 처음 볼 때보다 얼굴 살이 조금 돌았네. 딱 보기 좋다.”

“다 할머니가 먹이고 길러 주신 덕분이죠.”

소윤이 활짝 웃었다.

“그래, 우리 손주 녀석이 속은 안 썩여? 여차하면 이 할미한테 전화해서 다 일러! 조 녀석이 꼬뚱이라 놀림받을 때도 내가 가서 애들 다 혼찌검 내 주고 그랬다.”

“할머니는 왜 맨날 옛날이야기를 하고 그래! 기차 시간 됐으니 얼른 가요.”

이삭이 표를 허둥지둥 할머니 손에 쥐여 드렸다. 그 엉성함에 소윤이 피식 웃었다. 할머니는 눈꼬리를 치켜세우며 이삭을 곱게 흘겼다.

“너, 여자 눈에 눈물 나게 하면 알지? 소윤이 덕분에 사람 된 줄 알아! 남으 집 귀한 딸 밤늦게 붙잡고는 허튼짓하지 말고 행실 단디 해!”

“아, 제발, 할머니! 나, 잘하고 있다고!”

이삭의 귀가 불에 타는 듯이 붉어졌다. 덩달아 소윤의 두 볼도 뜨끈하게 달아올랐다.

“걱정하지 마세요, 할머니. 저희, 이제 겨우 손만 잡아 봤어요.”

소윤이 입을 가리며 부끄러운 듯 말했다.

“그래, 예쁘게 잘 만나고 있네. 우리 이삭이가 널 아주 많이 좋아하나 봐. 좋아하는 마음이 깊을수록 천천히 가는 게 맞아. 그럼 이 할미는 믿고 안심하고 가마.”

소윤은 어깨를 펴고 고개를 끄덕였다. 할머니의 마지막 말이 오래 울리는 종소리 같았다. 기차가 들어오고 할머니를 자리까지 모셔다드렸다. 이윽고 기차가 출발했다. 창에 비친 할머니에게 세차게 손을 흔들었다. 그렇게 기차의 꼬리가 시야에서 안 보일 때까지 아쉬운 마음을 전했다.

역을 나와 버스 정류장까지 걸었다. 노란 은행잎이 발밑에서 얕은 비명을 내며 찢어졌다. 완연한 가을이었다. 두 사람은 비슷한 속도로 발을 맞추며 걸었다. 손가락이 툭 닿자 이삭이 먼저 소윤의 손을 살포시 잡았다.

“고마워. 오늘 같이 와 줘서.”

“아니야. 나도 고마워.”

소윤이 대답했다. 둘은 서로의 눈을 지그시 바라보고는 얼마간 말이 없었다. 하지만 말이 없어서 비었다기보다는, 말이 없어도 채워지는 종류의 침묵이었다. 누가 알았을까. 외모도 성격도 분위기도 전혀 다른 우리가 이렇게 마음만은 퍼즐처럼 딱 맞아서 같이 다니게 될 줄. 새삼스레 18년 인생의 방향은 알 수 없다고 소윤은 생각했다.

"누군가랑 손을 잡는 건 생각보다 쉽지 않네."

"그게 무슨 말이야? 지금 이렇게 잘 잡고 있으면서?"

"너랑 손잡을 때마다 엄청 긴장돼. 마치 손바닥에 심장이 달린 것 같아. 발가락까지 간지럽다고."

"푸하하하, 너 무슨 시 써? 떨지 마!"

"그만큼 네가 어렵고 좋으니까 그렇지."

이삭이 던진 말의 무게가 얼마나 무겁고 진지한지 소윤은 알고 있었다. 첫사랑이나 다름없는 풋풋한 연애였지만, 소윤이 느끼는 이 달콤한 책임감 또한 가볍지 않고 묵직했다. 이삭의 파르르 떨리는 속눈썹이 그의 진심을 대변해 주었다. 가슴이 한없이 가벼우면서 꽉 차는 느낌, 사랑이었다. 나이와 상관없이 느낄 수 있는, 상대방을 향해 끝없이 기울어지는 마음이었다.

"익숙해질 거야, 연습하면."

"마치 네가 치는 피아노처럼?"

"응, 아마도?"

둘은 동시에 피식 웃었다. 점점 둘만의 사소한 합이 맞아 갔다.

손을 꽉 잡은 채 길거리를 걸어가기만 해도 한없이 부자가 된 것 같았다. 그저 이대로만, 계속 둘이 만들어 가는 행복한 날들이 지속되기를 소윤은 바랐다.

그날 밤, 소윤은 귀가해서 브이로그를 마저 편집했다. 혼자서 피아노를 치는 집순이 버전과, 목적어와 주어가 불분명한 데이트 버전이었다. 아직 남자 친구를 유튜브에 공개하는 건 부담스러웠다. 소중한 걸 들키고 싶지 않은 기분이랄까. 아직은 나만 아는 보석함에 넣어 두고서 그 반짝임을 홀린 듯이 바라보는 기분 반, 그러면서도 은근하게 드러내고 싶은 마음 반이 혼재했다. 고민하다가 그냥 뒷모습 정도, 다리 정도만으로 정보를 흘리기로 했다. 어차피 내 채널이고 대답을 하고 말고도 내 마음이니까. 뭘 숨기려 들거나 덧붙이려 하지 않는 것도 예전과는 달라진 마음가짐이었다. 물 흐르는 대로 자연스레 그날그날의 기분에 맡기기로 했다. 누군가에게 잘 보이려고 애쓰지 않으니(물론 이삭에게만큼은 예외였다) 댓글 한두 개에 호들갑 떨며 두려워하는 일이 사라졌다.

업로드 버튼을 누르고서 침대 머리맡의 드림캐처를 바라봤다. 창문 틈으로 들어온 바람이 결을 거슬렀다가 다시 쓸어내리자 깃털이 조용히 흔들렸다. 이삭이 준 선물이라는 의미 때문인지는 몰라도 '끝내 될까?' 하는 물음표만 남겼던 엄마의 미소를 되찾은 것도 그렇고, 악몽도 꾸지 않게 되었다. 그저 타이밍이 좋았다는 것만으로는 설명할 수 없는 일들이었다. 고요한 바다의 수평선처럼 마음이 더는 파도치지 않았다. 집중해서 편집했더니 몸이 이완되면서 잠이 솔솔 쏟아졌다. 까무룩 잠이 들려던 찰나, 휴대폰 알림이 울렸다. 이삭이었다.

- 영상 잘 봤어. 좋네!
- 그치? 조치?

잠시 점 세 개가 깜박였다.

- 고마워.

소윤은 '응, 나도' 옆에 하트 이모티콘과 드림캐처 이모티콘을 붙여 보냈다. 불을 끄고 침대에 누운 소윤은 길게 심호흡을 했다. 귓가에서 작게 바람이 돌았다. 눈을 감은 채 미소를 머금었다. 드림캐처의 깃털이 창문 틈새로 들어오는 바람을 살짝 긁었다. 거의 들리지 않는 공기의 소리가 밤의 가장자리를 부드럽게 어루만졌다.

바람을 가르며 정류장을 향해 소윤은 달렸다. 아침 햇살이 덜

말린 머리를 미지근하게 데웠다. 휘두르는 팔과 내딛는 발걸음이 경쾌하고 빨랐다. 모퉁이를 돌자 낯익은 이삭의 등이 보였다. 소윤은 다급히 속도를 줄였다. 길고양이처럼 살금살금 이삭에게 다가갔다. 곧 보게 될 이삭의 놀란 표정을 떠올리며 웃음을 물고 손톱을 바짝 세운 순간 이삭이 먼저 등을 돌렸다.

"워!"

예상치 못한 우렁찬 고함에 놀란 소윤은 뒷걸음질을 쳤다. 중심이 기울어지면서 몸까지 뒤로 넘어가던 찰나였다. 이삭이 재빨리 소윤의 등을 안아 올렸다.

"괜찮아?"

좀 전까지의 장난기 그득한 얼굴이 단박에 진심으로 놀란 표정으로 변했다. 등에 닿은 단단한 손바닥에서 오는 뜨끈한 온도와 걱정하는 다정한 말투에 소윤의 가슴이 세차게 뛰었다. 귓가에 들릴 만큼 또렷한 심장 박동 소리였다. 눈을 깜빡이는 그 몇 초가 몇 년 같았다. 드라마나 영화에서 본 것처럼 시간이 멈추며 두 사람만을 미지의 세계로 이동시키는 일이 실제로 벌어지고 있었다.

"나, 괜찮으니까 놔줘."

호흡하기 더는 곤란했던 소윤이 먼저 입을 뗐다. 뒤늦게 자신이 무슨 짓을 한 건지 상황 파악을 한 이삭이 소윤의 등을 조심스레, 하지만 힘껏 떠밀었다.

"미, 미안!"

"네가 왜 미안해? 나 넘어질까 봐 그런 건데."

"아, 그렇지."

뚝딱거리면서 손을 어쩔 줄 모르는 이삭의 모습이 귀여웠다. 소윤이 이삭의 손을 부드럽게 잡아끌었다.

"얼른 가자. 이러다 늦겠다!"

달달한 손잡기는 불과 몇 분 안 되어서 끝이 났다. 가온고 교복을 입은 아이들이 머잖아 눈에 들어왔기 때문이었다. 아직 공식 커플 선언을 한 것도 아니라서 학교에서도 티를 낼 순 없었다. 그나마 이른 아침에 이삭의 집 근처 버스 정류장에서 나누는 짧은 눈인사가 고작이었다. 다행히 아무도 보는 사람이 없는 골목에서는 후다닥 손을 잡기도 했다. 저번에는 가볍게 입을 맞출 뻔도 했지만…… 이내 인기척에 황급히 떨어졌다. 어설픈 연애가 주는 느릿한 설렘을 소윤은 즐기기로 했다. 특별한 데이트를 하지 않아도, 맛있는 걸 먹지 않아도 이렇게 가슴에 따뜻하고 뭉클한 감정이 샘솟을 수 있다는 것에 감사했다. 혼자가 아닌, 함께하는 일상의 새로운 발견이 둘의 관계를 더욱 친밀하게 만들 것임을 소윤은 의심치 않았다.

등굣길 버스 안에서도 두 사람은 철저하게 따로 앉았다. 이삭이 뒷자리에 앉은 소윤을 모른 척 쓱 쳐다봤다. 소윤은 입을 삐죽이며 소리 없이 "바보."라고 말했다. 이삭이 재빨리 주변을 훑더니 "반사."라며 입 모양으로 외치고 재빨리 고개를 돌렸다.

"유치해, 진짜!"

가소로운 웃음이 비실비실 새어 나왔다. 남들 앞에서 하는 이 비밀 연극이 언제쯤 상황 종료될진 몰라도 소윤은 꽤 흥미진진했다. 종료의 순간이 조금만 더 천천히 오기를, 그리고 남들 눈에 두 사람이 이상해 보이지 않기를 바랐다. 그러나 소윤의 바람과는 달리 그 시간은 예상보다 빨리, 그리고 원치 않은 방법으로 다가왔다.

15

일단은 버티기 모드 ON

며칠 후, 소윤은 홀로 버스에서 내렸다. 이삭은 담임 선생님의 부름으로 일찍 등교한 날이었다. 이상하게 그날따라 자기를 보는 아이들의 시선이 끈적끈적하다고 느낀 터였다. 교실 문을 통과하는 데까지도 시간이 아득하게 늘어졌다. 자리에 앉는데 주변의 시선이 묘하게 적대적이었다. 화장실에 가서 문을 잠그는데 얼마 후 누군가의 낮은 탄식이 들렸다.

"봤어? 와, 소름이더라, 지소윤."

제 이름 석 자에 소윤의 뒤통수가 서늘하게 굳었다.

"너도 봤어? 어제 쪽지로 누가 지소윤 까는 인스타 계정 보냈던데."

"그러니까 말이야. 착한 척 잘난 척은 다 하더니 그런 앤 줄 몰랐다, 진짜."

듣고 싶지 않은데 귓가에 고스란히 들려오는 단어들에 발끝에서부터 냉기가 스멀스멀 올라왔다. 힘이 쭉 빠지는 통에 손에 든 휴대폰을 떨어트리고 말았다. 인기척을 느꼈는지 아이들은 서둘러 말을 맺고 나가 버렸다. 아이들의 대화 사이로 묵혀 두었던 기억의 한 조각이 어둠을 뚫고 가슴을 쿡쿡 찔렀다. 이윽고 소윤의 휴대폰으로 유튜브 알림이 떴다.

– 이럴 때가 아닐 텐데?
　지금 인스타에 유니럽 과거 만행 공개돼서 난리 남.
– 헉, 나도 봄. 여기 맞죠?

소윤은 떨리는 손가락을 가져가 링크를 눌렀다. @R_U_jinsil 이란 이름의 계정이었다. '알고 보면 무서운 유니럽의 진실 추적' 이란 소개 글과 함께 유튜브로 캡처한 소윤의 사진에 머리에는 뿔이, 입에는 날카로운 이빨이 그려져 있었다. 첫 게시물은 걸 그룹 콘서트장 앞에서 환하게 웃고 있는 중학생 소윤이었다. 초점이 약간 나가 있고, 누가 멀리서 줌으로 당겼는지 픽셀이 깨진 채였지만, 소윤임을 알아보는 데는 무리가 없었다. 사진 아래에는 간단한 설명이 달려 있었다.

– 자기 때문에 동생 죽고 얼마 후 아이돌 콘서트 보러 가서

　하하 호호? 어찌나 좋은지 눈물까지 흘리며 웃네요.

　이게 정상인이 할 짓임? 팬들, 속지 마세요.

　웃으면서 광고 찍으시느라 바쁘셨겠다.ㅋㅋ

‘#악마를보았다’, ‘#싸패쏘패’, ‘#가온고미친*’ 같은 적나라한 해시태그들, 가벼운 조롱에서부터 반협박에 준하는 댓글들이 감자 캐듯 주렁주렁 딸려 올라왔다. 댓글들은 불에 기름을 부은 듯 빠른 속도로 달려들었다.

손에 든 핸드폰이 모래주머니처럼 묵직했다.

‘도대체 이걸 누가 어떻게 알고 있는 걸까?’

불안에 잠식된 소윤의 몸이 덜덜덜 떨려 왔다. 사진 아래 달린, 재단되지 못한 날카로운 말들이 서걱서걱 몸을 난도질했다. 생전 처음 보는 낯선 폭력들에 소윤은 종이 울릴 때까지 수업 내용이 무엇이었는지 기억조차 나지 않았다. 차곡차곡 쌓인 무차별한 폭력은 기어코 코앞까지 밀려들었다. 점심시간 때쯤 되니 아이들은 아예 대놓고 소윤을 빤히 바라보며 말을 이어 갔다.

“너, 그거 진짜야?”

“…….”

"말 안 하는 걸 보니 빼도 박도 못하나 봐? 와, 너 참 여러 가지로 대단하다."

이삭이 이쪽을 힐끔거리는 게 느껴졌다. 더불어 세진과 정아의 의아해하는 눈초리까지 소윤을 뾰족하게 찔렀다. 지금에서야 무슨 말을 하든 변명으로만 들릴 테고, 자신을 향한 과녁이 더 커질 뿐이란 걸 아는 소윤은 어떤 말도 함부로 할 수 없었다.

"동생이 죽었는데 어떻게 그렇게 웃어. 실망이다."

"우리 반에 쏘패가 한 명인 줄 알았는데 둘이나 있었다니."

드르륵 의자가 바닥을 긁으며 이삭이 일어났다. 이삭의 표정이 심상치 않았다. 무표정하지만, 앙다문 입술 아래 숨은 화를 소윤은 어렴풋이 짐작했다. 지금 나서면 이삭까지 한패로 싸잡아서 아이들은 더 찧고 까불 게 분명했다.

소윤은 배낭을 잽싸게 낚아채 부리나케 문밖으로 뛰쳐나갔다. 힘껏 발을 구르며 계단을 내려갔다. 기운은 달리고 무릎이 휘청거려서 하마터면 넘어질 뻔했다. 자꾸만 비어져 나오는 눈물을 오기로 독기로 참았다.

그날이 떠올랐다. 달콤한 냄새와 사람들의 행복한 웃음소리에 갇힌 제 모습이 보였다. 새벽 피켓팅을 하고 한껏 꾸민 차림으로 간 콘서트에서 굿즈를 사고 아이돌 등신대 옆에서 기쁘게 사진을 찍었다. 임무를 완수하자 구역감으로 배가 울렁거려 화장실로 뛰어 들어갔다. 인스타 게시판에 올라온 사진에는 이 사건의 뒷면이 없었다. 사진 뒤에 숨겨진 우중충한 사정 따윈 아무도 주목하지 않았다. 그 차가운 진실을 지난 3년 동안 유튜브를 했던 소윤은 누구보다 깊이 체감했다.

소윤은 거리에서 방황했다. 바람이 부쩍 차가웠다. 주변 사람들이 모두 두렵게만 느껴졌다. 하염없이 걷다가 어느 쇼핑몰 앞 벤치에 앉았다. 괜찮냐며, 자기가 옆에 없어도 되겠냐며 이삭에게서 계속 문자가 왔다. 한참을 무시하다가 집에 갈 시간쯤 답장을 보냈다.

– 걱정해 줘서 고마워. 근데 지금은 혼자 생각할 시간이 필요해.

그 말에 이삭은 더는 문자를 보내지 않았다.

다음 날, 소윤의 '까판'에 또 다른 게시물들이 올라왔다. 소윤이 며칠 전에 올린 브이로그를 프레임별로 캡처해, 화면 귀퉁이에 잡힌 이삭의 손을 확대한 사진이었다. 엄지와 검지가 만나는 곳에 작은 점이 하나 있었다. 수고스럽게도 그 점을 빨간 동그라미로 표시해 다른 사진과 대조까지 해 놓았다. 그건 바로 수업 중 손을 들고 있는 이삭의 사진이었다. 같은 자리에 난 같은 크기의 점으로 보아 사진의 주인공은 유니럽 영상 속 남친이라며 게시 글을 올렸다. 반 아이들은 소윤의 남친이 서이삭인 것에 의외라는 표정으로 당혹스러워했다.

"와, 이게 무슨 말 같지도 않은 일이야?"

"너희, 사귀는 거 진짜야?"

놀람과 조롱은 한 끗 차이였다. 노골적인 시선들이 소윤과 이삭을 샅샅이 훑었다. 소윤은 언제까지 무대응으로 버틸 수 있을까 가늠해 봤지만, 자신이 없었다.

"야, 소윤이가 뭘 하든, 누굴 사귀든 그게 너희한테 그렇게 중요한 일이야?"

참다못한 이삭이 큰 소리로 외쳤다. 이삭이 이렇게까지 감정을 드러낸 건 같은 반이 되고 처음 있는 일이었다. 다들 적잖이 당황한 듯 보였다. 일단은 비밀 커플이기에 이삭이 할 수 있는 행동은 별로 없었다. 자기가 먼저 밝히자니 여자 친구가 더 곤경에 빠지는 건 아닐까 싶었고, 그렇다고 가만히 소윤에게 쏟아지는 원색적인 비난들을 바라보기만 하는 건 더 힘든 일이었다. 뭐라도 해야 할 것 같은 의무감이었다.

"왜, 네 여자 친구 잘못될까 봐 걱정되냐? 너 같은 쏘패랑 사귀면 이미지 안 좋아질까 봐?"

"근거 없는 헛소문 가지고 반 친구 괴롭히면 되냐? 난 반장인데 그걸 가만히 듣고 있지만은 못하겠어."

"이게 헛소문이면 왜 지소윤이 아무 말 못 하는 건데? 재랑 중학교 동창인 애한테 사실 확인 이미 끝냈어."

"이래서 끼리끼리라고 하는구나. 인성이 맞아야 사귀지. 쏘패 커플 찢었네."

귓속이 근질거리는 소리에 어깨가 저절로 움츠러들었다. 코끝이 뜨거워졌다. 뜨거운 기운이 울컥 올라왔다. 소윤은 허겁지겁 손등으로 눈을 문질렀다.

"적당히 해라. 너흰 이게 재밌냐?"

세진이었다. 상의 소매를 팔꿈치까지 걷어 올리고 있었다. 늘 차갑던 눈매가 분노로 울퉁불퉁하게 굳어 있었다. 순간 정적이 흘렀다. 누군가의 킥킥대는 웃음소리가 그 정적을 다시 깼지만.

"왜 이제 와서 의리질?"

"너흰 할 일이 드럽게 없나 봐. 단톡에 링크 퍼 나르면서 강 건너 불구경하니까 재밌어? 근데 말로 사람 망가뜨리는 건 너희도 책임 있어. 우리 엄마 무당인 거 다 알지? 아무 말이나 뱉은 책임,

다 업보로 돌아온다.”

“우정 지킨다고 우리한테 훈계하는 거야?”

“입조심하지 그래? 내가 너처럼 입 털다가 망한 사람 한둘 본 줄 아냐?”

세진은 흔들림 없는 기세로 맞받아쳤다. 소윤에게는 의외였다. 계속해서 자기를 미워하고 있는 줄만 알았는데, 이제는 돌이킬 수 없다고 생각했는데……. 그래서 세진에게 더 미안하고 고마웠다.

“적어도 당사자가 말할 때까지는 가만히 중립 기어 박으란 얘기야. 보이는 게 전부는 아니니까.”

착한 척이 아니었다. 세진다운 행동이었다. 그 단단한 행동의 울림이 깊었는지, 소윤을 향하던 시선 몇 개가 급격히 쉬쉬하며 수그러들었다. 두려움이 완전히 사라진 건 아니었지만, 세진 덕분에 한시름 놓을 수 있었다.

16.
중요한 건 우리의 현재

수업이 끝난 뒤, 복도 끝 창가에 기대 있는 세진 앞에 소윤이 섰다. 무심하게 바라보는 세진의 눈길에 용기를 내려고 입을 열기 전에 숨부터 골랐다.

"야, 아까는 고마웠어."

세진이 떨떠름한 표정으로 말했다.

"별거 아냐. 네가 울 것 같은 얼굴로 있는 거 보니까 짜증 나서 그랬어."

"왜 짜증이 나는데? 난 너한테 잘한 게 없는데 왜 도와줘?"

"알긴 아냐? 아니, 난 네가 여전히 별론데, 애들 앞에서 기운 없이 축 처져 있는 걸 보니까 나까지 처져. 내가 아는 넌 좀 뭐랄까…… . 재수 없는 맛이 있는 애였는데 지금은 너무 이빨 빠진 호랑이 같아서. 공평하지 않다고 생각했어."

세진이 솔직하게 말했다.

“그랬구나. 어쨌든 고마워, 도와줘서. 역시 난 너한테 상대가 안 된다.”

“뭐래? 내가 가장 좋아했던 남자애랑 사귀었던 주제에.”

“이현? 걔 실체 진짜 충격적으로 별로야!”

“뭐? 이현이? 내 왕자님이?”

“왕자는 무슨 얼어 죽을! 얼마나 별로인지 스물네 시간 동안 떠들 수도 있다고! 박세진, 네가 이천오백 배쯤 아까워! 넌 진짜 눈이 발에 달렸어. 정말이야. 언제 날 잡아서 너한테 다 말해 줄게. 아, 오해할까 봐 하는 말인데, 걔랑 나, 아무것도 안 했다.”

“뭐라는 거야? 감히 내 안목을 건드리다니, 크크크!”

“너 얼빠인 건 인정하는데 암튼 걘 버려라, 크크크!”

둘은 끝내 참았던 웃음을 터트리고 말았다. 예전처럼 시답잖은 우스갯소리나 하면서 나누었던 무해한 웃음이 흘러나왔다. 얼어 있던 미움이 사르르 녹아내렸다.

‘이렇게 쉬운 거였는데, 이렇게 기분 좋은 거였는데.’

소윤은 세진에게 먼저 손을 내밀지 못한 게 뒤늦게 아쉬웠다. 무속인의 딸이라는 편견에 가두었던 세진이 누구보다 자신의 처지를 이해하고 항의해 준 게 정말 고마웠다.

“고마워, 세진아!”

"낯간지럽게. 됐어. 나도 그동안 괜히 시비 걸어서 미안. 근데 그럼, 너 서이삭이랑 사귀는 건 진짜야?"

"……응!"

소윤이 고개를 세차게 위아래로 끄덕였다. 세진의 입꼬리가 비스듬히 올라가자, 소윤의 두 볼이 달아올랐다.

"네가 선택했으니 분명 내가 모르는 서이삭의 매력이 있겠지? 좋겠다! 잘 사귀어!"

소윤이 수줍게 고개를 끄덕였다. 세진의 부러워하는 눈길에 두 손이 배배 꼬이고 발바닥이 간질거렸다. 그렇게 세진과 화해의 악수를 했다. 손에 온기가 길게 남았다.

그사이, 이삭은 소윤 대신 까판 계정을 신고했다. 반 단톡방에 루머 링크 공유 금지, 스샷 공유 금지 공지와 신고 링크 계정을 올리며 반장이자 남친으로서의 면모를 보였다. 타인의 일에는 늘 한 걸음 뒤에서 수수방관하던 반장이 정의감 넘치는 모습을 보이자 아이들의 의구심은 더욱 짙어졌다. 다른 사람들이 그러거나 말거나 묵묵하게 여자 친구를 위해 최선을 다하는 모습이 소윤은 멋져 보였다.

이삭은 평소와 다름없었다. 소윤에게 안부를 묻고 일상적인 이야기를 던졌다. 가만히 소윤의 표정을 읽으면서 보채지도 미루지도 않았다.

'근데 이삭이는 왜 아무것도 묻질 않지? 날 이상하게 생각하고 있을 텐데 물어보고 싶어도 일부러 참는 건가, 아니면 나한테 마음이 떠난 건가……?'

이삭의 태연한 태도에 소윤은 어느 순간 조바심이 났다. 그리고 그사이에 세 번째 게시물이 올라왔다. 머리를 밝은 오렌지색으로 염색한 소윤이 한강 앞에서 흠뻑 젖은 채 찍은 사진이었다. 번진 화장하며, 주변에 있는 비슷한 무리의 친구들, 크롭 티셔츠와 짧은 청 반바지 차림의 소윤은 지금과는 다르게 무척 낯선 이미지였다. 생쥐 꼴을 하고서는 활짝 웃는 소윤은 풋풋함과는 거리가 먼, 기괴하고 불량스러운 느낌이었다. 사진 공개에 소윤은 정말 쥐구멍이 있다면 숨고 싶었다.

'도대체 이 사진을 어디서 어떻게 구한 거지?'

그게 처음 떠오른 기분이라면 그다음 떠오르는 건 막연한 두려움이었다. 봉인하고 싶은 기억을 억지로 끄집어낸 사람은 과연 누구인지, 이런 적대감을 드러내는 이유는 무엇인지, 그리고 다음에는 어떻게 나올지, 과연 이 사태를 어떻게 해결해야 할지, 아니 해결할 수는 있을지……. 온갖 질문들이 꼬리에 꼬리를 물고 이어졌다.

소윤은 이삭의 얼굴을 바라봤다. 늘 그렇듯 큰 감정 없는 옆모습을 보는데 가슴이 저릿했다. 어디까지 알려야 할지, 자신의 과거에 실망해서 헤어지자고 말하면 어찌할지. 사실은 그게 가장 고민이라는 걸 소윤은 깨달았다.

해가 저물었다. 낮에 비가 내리고 하늘빛은 젖은 금속처럼 은근하게 어두워졌다. 소윤과 이삭은 조용히 간격을 두고서 걷고 있었다. 발끝에 습기에 젖은 땅바닥이 느껴졌다.

"우리 편의점에서 뭐 사 먹을까?"

"딱히 먹고 싶은 건 없는데? 괜찮아."

"아니야! 나 용돈 받았는데 내가 쏠게!"

소윤은 이삭의 팔을 잡아끌고 억지로 편의점 안으로 들어섰다. 소윤은 닥치는 대로 끌리는 대로 이것저것 골랐고, 이삭은 다 못 먹는다고 만류했다. 적당히 타협해서 고른 빵이며 과자, 음료수를 파라솔 탁자로 가져갔다. 소윤은 맛있겠다고 호들갑을 떨며 봉지를 뜯었다. 이삭은 소심하게 초코우유 한 개를 뜯어서는 마셨다.

"음! 맛있다! 역시 과자는 끊을 수가 없다니까! 이삭이 너도 어서 먹어 봐!"

“난 됐어. 워낙 단 거 잘 안 먹어서.”

“아, 그러지 말고 아 해 봐! 빨리, 아!”

소윤은 과자를 억지로 이삭의 입에 밀어 넣었다. 인상을 쓰며 과자를 씹는 이삭을 보고 소윤은 가슴이 덜컥했다. 실은 아까부터 그랬다. 계속 이삭을 살피고 혼자 걱정하고 초조해했다. 과거 모습 때문에 자신에 대한 마음이 떠날까 봐 안달하는 마음이 티가 났다. 마음에도 없는 장난감을 잔뜩 사 달라고 떼쓰며 사랑을 갈구하는 어린아이처럼. 소윤은 좌불안석이었다.

“다이어트한다더니 안 해, 이제?”

“왜, 나 살찐 것 같아? 뚱뚱하고 못생겼어?”

“그렇게 말한 적은 없는데?”

무슨 말을 해야 할지 몰라 소윤은 기운이 빠졌다. 이삭이 길게 한숨을 내쉬었다.

“네가 자꾸 내 눈치를 봐서 어떻게 해야 할지 모르겠어.”

“그야, 내가 너한테 잘못한 게 많으니까…….”

“너 정말 그렇게 생각해? 나한테 잘못한 게 있다고?”

“그럼 요 며칠 나한테 쌀쌀맞게 군 이유가 뭔데?”

이삭이 나직이 웃음을 터트렸다.

“그거야 우리 사귀는 사이인 것 애들은 모르고, 그 와중에 내가 네 편을 들면 괜히 오해 살 일 생길까 봐 그런 거지. 나로서는 이게 최선이라고 생각했어. 지금 너 힘든데 내 문제까지 짊어지게 하고 싶진 않으니까.”

“뭐야, 그런 거였어?”

“소윤아, 네가 예전에 뭘 했든 난 신경 안 써. 너랑 같이 있는 현재가 더 중요해.”

“……난 그런 것도 모르고 네가 나한테 실망한 줄 알았어.”

“너 나름대로 상황과 이유가 있었을 테니까. 다른 건 다 모르겠고, 지금 네 곁에서 필요한 사람이 되는 걸로 만족해. 남들이 뭐라 하든 그냥 무시해.”

가장 믿고 싶은 사람에게 듣는 말이 소윤의 막혔던 숨통을 트이게 해 줬다.

“꼭 너희 할머니 같은 말투다.”

“아, 감히 비교해 준다면…… 매우 영광이다.”

두 사람의 시선이 잠시 얽히더니 이윽고 같은 방향을 바라봤다. 노란 가로등 불빛 아래 고양이 한 마리가 게걸스레 저녁을 먹는 중이었다. 고양이 곁에는 앞치마를 두른 풍채 좋은 아줌마가 쭈그려 앉아 그 모습을 바라보고 있었다.

“어이구, 이 넉살 좋은 녀석아, 맨날 구박하는데도 찾아오니 내가 밥을 안 챙겨 줄 수가 있어?”

고양이는 낮게 그르렁댔다. 자세히 보니 한쪽 눈이 부어 있었고 군데군데 털도 빠져 있었다. 한눈에 예쁘다고는 할 수 없었다. 고생을 많이 했을 게 분명한 상태였다. 아줌마는 그런 고양이가 사랑스럽다는 듯 눈으로 훑었다.

“그러네. 나 생각해 주는 사람이 한 명만 있어도 되는 건데!”

소윤이 말했다.

“한 명이 아니잖아. 인기 많으면서 기만하지 마.”

“맞아! 할머니도 있고 세진이, 정아도 있고! 가장 중요한 서이삭도 있어!”

소윤이 이삭의 손을 꽉 잡았다. 붕 하고 둘 사이의 공기가 울렁였다.

“나, 왠지 조만간 다 밝힐 수 있을 것 같아.”

“괜찮겠어? 설명하지 않을 자유도 네 거야.”

“괜찮아. 할 수 있어.”

“좋아.”

이삭이 고개를 끄덕였다. 소윤은 자신이 잡은 이삭의 손등에 난 작은 점을 보았다. 사소한 계기가 기회가 되었다. 장본인인 이삭이 도망치지 않게 소윤의 손을 단단히 잡고 있었다. 웃을 때는

웃고, 울어야 하면 울고, 설명할 수 있을 때 설명하고, 설명하지
않아도 될 때는 침묵하자. 그리고 손을 잡을 때는, 제대로 잡자고
소윤은 생각했다.

17

담백한 고백

고개를 들고 시선은 정면을 바라봤다. 탁자 위에 올려 둔 삼각대 위 휴대폰 화면에 제 모습이 비쳤다. 아무도 없는 제 방이었지만, 마치 구독자들이 앞에 있는 것 같은 긴장감이 들었다. 결심했으니 오늘은 반드시 해내야 했다. 다짐하듯 어깨는 반듯하게 펴고, 허리는 곧추세웠다. 심호흡을 하자 미지근한 숨이 딸려 나왔다. 휴대폰의 둥글고 빨간 버튼을 손가락으로 클릭하자 00:00에 멈춰 있던 시간이 움직이기 시작했다.

"안녕하세요, 유니럽입니다……. 오늘은 제가 좀 무거운 얘기를 하려고요. 피하려고 계속 도망만 다녔는데, 이젠 제가 말해야 할 타이밍인 것 같네요."

첫인사는 항상 쑥스럽다. 심장의 두근거림이 커지자 목소리도 가늘게 떨렸다. 인사를 한 소윤은 잠시 침묵했다. 문 밖 거실에서 엄마의 발걸음이 잠깐 스쳤다 멈추는 소리가 들렸다. 그 소리가 괜찮다는 신호처럼 들렸다. 두서없는 생각들이 하나씩 빠르게 정리됐다. 소윤은 그간 자신의 까판에 제기된 의혹들, 그 와중에 바로잡아야 할 사실들을 소명하고자 방송을 켜게 되었다고 차분하고 또박또박하게 말했다. 침 삼키는 소리가 마이크에 희미하게 잡혔다. 이제 가장 무겁고 가슴 아픈 진실을 말할 차례였다.

"제가 중학교 이 학년 때 일이었어요. 남동생인 석중이를 사고로 떠나보내야 했어요. 저와 네 살 차이가 나던 열한 살 석중이는 우리 가족의 귀여운 막내였어요. 저와 동생은 유난히 사이가 좋은 편이었어요. 석중이는 웃음이 많고 장난기가 많았지만, 부모님과 누나 말이라면 누구보다도 잘 따르는 착한 아이였지요.

꿈이 축구 선수라서 어린이 축구 교실을 다니며 힘든 훈련도 열심히 했어요. 자기가 좋아하는 일이라면서 게을리하지 않았죠. 운동도 열심히 하고 공부도 곧잘 했어요. 특히나 영어를 좋아했어요. 나중에 유럽 리그에 스카우트될지 모른다면서 영어를 부지런히 해야 한다고 했죠. 그래서 집 근처 영어 학원에 같이 다녔어요. 건널목을 몇 개 건너긴 하지만 멀지는 않은 거리였는데, 학원 시간이 맞으면 대부분 저랑 같이 다녔어요.

사건이 일어났던 날, 전 학원 수업이 없는 날이었어요. 아침부터 비도 오고 잘됐다 싶었는데 동생이 같이 떡볶이 사 먹고 가면 안 되냐고 조르는 거예요. 귀찮아서 혼자 먹으라고 했는데 그날 따라 동생도 막무가내였어요. 하는 수 없이 알겠다고 끝나고 보 자고 약속했는데, 하필 그날 같은 반 친구가 복도에서 미끄러져 서 발목을 심하게 삐었어요. 보건실에서 급한 조치는 취했지만, 통증 때문에 제대로 걷기 힘들어했죠. 바깥엔 비도 세차게 쏟아 지는데 우산도 없는 친구 때문에 전 친구 어머니가 올 때까지 같 이 기다려 주기로 했어요. 그래서 오늘은 혼자 먹으라고 동생에 게 말했어요. 떡볶이 먹을 생각에 들떠 있었던 동생은 서운한 투 로 말했지만, 이내 '그럼 이따 집에서 보자, 누나.' 하며 알겠다고 대답했어요.”

여기까지 말하고 나서 소윤은 잠시 멈췄다. 울컥해서 덩어리 같은 게 목구멍으로 오르락내리락하기 시작했다.

'아직은 안 돼. 가장 중요한 게 남았잖아.'

물컵을 들어 입가로 가져갔다. 시원한 물이 목을 타고 흐르자 진정이 됐다. 그렇게 벌컥벌컥, 물을 반쯤 비웠다.

“이상하게 그렇게 말하고 나서 마음이 무거웠어요. 그래서 부 랴부랴 학원으로 향했어요. 학원에 가까워지면 질수록 소란스러 운 거예요. 구급차 사이렌 소리도 들리고 설마 아니겠지 하는 마 음으로 뛰어갔어요. 그랬는데, 거기엔…… 그 뒤로는 여러분이 아시는 그 일이 일어났어요. 신호를 위반한 차가 누군가를 치고 갔다는데 그게 제 동생일 줄은 정말 꿈에도 몰랐어요. 아니, 믿고 싶지 않았어요. 울면서 난리를 치다 깨어나 보니 저도 병원에 있었어요. 사실 그때의 기억은 잘 생각나지도 않고 여전히 힘든 기억이에요.”

화면 속 소윤의 눈두덩에 붉은 기가 조금씩 올라왔다. 코끝이 매웠다. 눈물이 떨어지지 않게 고개를 약간 들었는데도 맥없이 툭 떨어지고 말았다. 소윤은 침착하게 휴지를 뽑아서 눈가를 닦았다.

“장례식이 끝나고 며칠 뒤, 석중이가 좋아하는 여자 아이돌 콘서트가 있었어요. 둘이 가서 한정판 굿즈를 사기로 약속했었거든요. 얼마나 설레었는지, 전날 밤에 잠도 못 자고 일기장에 두 번이나 쓰더라고요.”

소윤은 모서리가 살짝 닳은 푸른색 노트를 꺼냈다. 엄마가 정리하려고 했으나 결국 챙겨서 제 방에 놔뒀던 석중의 일기장이었다. 노트를 펼쳐서 화면 가까이 조심스레 펼쳤다. ‘누나가 굿즈 사 주기로 약속함’이라는 글씨에 하트 두 개가 붙어 있었다.

“동생과 떡볶이를 먹기로 한 약속도 못 지켰는데 콘서트에 가서 굿즈 사 주기로 한 약속까지 못 지킨다면 제가 절 용서하지 못

할 것 같았어요. 가족들 모두 제정신으로 못 살고 있는데, 너무 힘든데…… 그래도 이것만큼은 약속 지키는 누나가 되자며 새벽에 지하철을 타고 가서 줄 서고, 그 굿즈를 사 온 거예요.

그때 찍힌 사진이 바로 여러분이 까판에서 보신 그 사진이에요. 콘서트 내내 울었던 것 같아요. 동생이랑 같이 왔으면 더 좋았을 텐데, 생각하니까 눈물이 안 멈추더라고요. 줄을 서면서도 계속 울고 있으니까 뒤에 계신 분이 찍어 주셨어요. 사진을 찍고는 바로 화장실로 가서 몽땅 토했어요. 너무 부담감이 심했었나 봐요. 하늘에 있는 동생에게, 약속을 지켰다는 생각에……. 아무튼 이런 얘기는 아무에게도 한 적이 없어요. 이번에 처음 말하는 거예요.”

쉴 새 없이 주절주절 뱉어 냈다. 감정의 여진으로 몸까지 가볍게 떨렸지만, 이내 후련했다. 물론 제 앞에 날 선 시선으로 바라보는 사람들이 없어서 그런 것일 수도 있었으나, 이 마음을 먹기까지 꽤 오랜 시간을 보내야 했다. 시간의 무게, 말의 무게, 그렇게 소윤의 어깨를 누르던 짐들이 천천히 떠나가고 있었다. ‘자유롭다’가 아닌 ‘편안하다’는 느낌이 가슴을 묵직하게 채웠다. 소윤의 눈에 눈물이 다시금 고였다.

휴대폰 사진 앨범 속에 간직하고서 혼자만 몰래 꺼내 보던 사진을 찾아 화면 앞에 비췄다. 석중이 좋아하는 물건들과 조화로 아기자기 채운 납골함 옆에 소윤이 줄을 서서 사 온 굿즈가 놓여 있었다. 납골함을 등지고 브이 자를 그리며 희미하게 미소를 지은 소윤의 눈두덩은 역시나 퉁퉁 부어 있었다.

"이 사진은 그때 산 굿즈를 동생 납골함에 주고 오던 날 찍은 거예요. 부모님도 친구도 아무도 본 적 없는 사진이에요."

굿즈 옆 카드에 "누나가 늦어서 미안해."라고 한 줄이 짤막하게 쓰여 있었다.

"제가 머리 염색하고 한강에서 쫄딱 젖어 있던 사진에 대해서도 설명해 드릴게요. 동생이 세상을 떠난 이후로 저는 등교 거부자가 되었어요. 어떤 땐 며칠 동안 씻지도 않고 방에만 틀어박혀 있었고, 또 어떤 날은 이 사진처럼 화장을 진하게 하고 옷도 이상하게 입기도 했죠. 저도 제 마음을 잘 모르겠는데, 그냥 몸부림을 쳤던 것 같아요.

그러다가 온라인으로 저처럼 가족들이 일찍이 사고를 당해서 힘든 친구들을 알게 됐어요. 한번 보자고 해서 모인 곳이 한강이었어요. 서로 얘기하다가 하소연하다가 누가 먼저랄 것 없이 함께 울었어요. 한참 그렇게 울다가 머리나 식힐 겸 강물에 발 한번 담가 보자 그랬는데 저도 모르게 순간 훅 뛰어든 거예요. 지금 생각해 보면 죄책감이 들었었나 봐요. 내가 이렇게 위로를 받으면 안 되는 거 아닌가, 그런 기분에 충동적으로 그랬던 것 같아요. 놀란 친구들이 저 구하겠다고 또 뛰어들고…… 다 같이 흠뻑 젖은 채 나왔어요. 참 위험하고 멍청했죠. 그러다가 또 누가 그런 말을 했어요……."

소윤은 두 손을 세게 맞잡았다. 손가락 마디 사이로 흰 살이 뭉 툭하게 떠올랐다.

"우리, 그래도 죽지 말고 살아 보자. 죄책감이니 책임감이니 그 런 건 남은 사람들이 감당할 몫이긴 하지만……. 머지않아서 어차 피 우린 다시 만날 거잖아. 사랑하는 가족에게 밝은 모습 보여 주 고 싶어."

소윤이 입술을 깨물었다.

"그 후 우린 이사했어요. 동생을 잃은 저는 그날 밤 친구들과 살아 보겠다고 결심했지만, 저희 부모님은 자식을 잃은 거잖아 요. 엄마는 여전히 석중이 유품을 보며 낮에는 누운 채로 힘들어 하고 밤이 되면 석중이 방에서 잤어요.

저는 엄마에게 날 좀 봐 달라고 조를 수가 없었어요. 너무 힘든 걸 아니까요. 그래서 저는 유튜브를 시작했어요. 부끄럽지만, 관 심이 너무 고팠거든요. 누가 저를 좀 알아봐 줬으면, 단 한 명이라도 내 얘기를 들어 줬으면 하는 간절한 마음으로 카메라를 켰어요. 그리고 조금씩 사람들이 찾아 주기 시작했어요. 러빙이들과 소통하는 게 얼마나 기쁜지 모르실 거예요. 매일매일…… 비록 시답잖은 일상이긴 하지만…… 나는 아직 여기에 살아 있다는 걸 기록하는 기분이었거든요. 힘든 날에는 제 동생을 기억하면서요. 이런 말 오글거리긴 하지만…… 그러니까, 여러분이 제 생명의 은인 같은 거예요. 이번 일로 실망하게 해 드려서 죄송합니다. 그리고 지켜봐 주셔서 고마웠어요.”

18.
초라한 민낯

- 언니, 고마워요. 말하기 쉽지 않았을 텐데

  결심해 줘서 정말 고마워요!
- 앞으로도 옆에서 쭈욱 지켜 줄게.
- 22만 러빙이들이 뒤에 있다. 어깨 펴요!!
- 마음고생 많았써, 우리 유니럽. ㅜㅜ 근데 도대체 누가

  남의 아픈 가족사 갖고 그딴 헛소문 퍼트린 거야???

소윤의 영상이 나간 후 댓글 창에는 큰 파장이 일었다. 생각보다 더 많은 응원의 문장들이 잔물결처럼 퍼져 나갔다. 소윤은 화면을 바라봤다. 얼마 전까지만 해도 상처 되는 말들을 쏟아 내던 화면이 따뜻하게 일렁였다. 사람이 뱉는 말에 결코 안전할 순 없지만, 소윤은 그냥 찰나의 마음을 올곧이 바라보는 데 애를 쓰자고 마음먹었다. 더할 나위 없이 있는 그 자체 그대로. 그러자 그

많은 단어는 거창한 미사여구 없이도 따스함을 전해 주었다. 마치 체온처럼.

– 네 뒤에 나랑 정아도 있다. 알지, 이 언니가 신기 있는 거?
　범인 곧 잡힐 거야.

'Him_sejin'. 정아를 언급한 걸 보니 세진이었다. 가만히 세진의 댓글을 곱씹다가 소윤은 소름이 돋았다. 간과했던 사실이 떠올랐다.

'잠깐. 그럼 sse_girl0303은 세진이가 아니란 말인데 누구지?'

자신의 유튜브에 와서 악플을 달고 세진의 휴대폰 번호 뒷자리까지 알아내서 친구 사이를 이간질한 사람이었다. 분명 그 사람이 이번 일도 주도했을 것이다.

소윤은 예전 그 브이로그를 클릭했다. 댓글 창을 훑어 내렸다. 다행히 sse_girl0303의 댓글은 삭제되지 않았다. 아이디를 클릭하자 유튜브 계정으로 이동했다. 올려진 영상은 역시나 하나도 없었다. 그런데 음악을 모아 둔 재생 목록이 한 개 있었다. 플레이 리스트였다. 목록을 훑어보는데 왠지 낯이 익었다.

"네온 타이드 클럽(Neon Tide Club)? 이현이 좋아한다던 미국

인디 뮤지션인데……."

이현은 아이돌 연습생답게 좋아하는 음악에 대해 떠들곤 했었다. 소윤이 관심이 있든 없든 그건 중요하지 않았다. 국내 팬층이 얇아서 웬만한 사람들에겐 생소할 이름의 밴드나 해외 인디 뮤지션들에 대해 자신의 좁고 과시적인 취향을 자랑하길 좋아했다. 데이트 초반, 이현의 플레이 리스트에서 흘러나오던, 특유의 텁텁한 목소리로 웅얼거리던 그 곡이었다.

이현이 강력한 용의자라는 사실에 소윤은 진저리가 났다. 생각해 보니 악플을 단 시기도 소윤이 이현이 보낸 디엠을 씹고 나서였다. 맞팔했더니 대뜸 만나고 싶다는 내용의 디엠을 보내왔었다. 친구 세진이 이현을 좋아하는 마음도 있고 관심이 딱히 없기도 해서 읽고 답장을 보내지 않았다. 고작 그것 때문에 여기까지 와서 알지도 못하는 사람에게 거짓된 인생 어쩌고 운운하며 못난 열등감을 드러낸 게 어처구니없었다. 자기도 회사와 대중에게 평가받는 아이돌 연습생이면서 그 이름 뒤에 숨어서 사람들을 이런 식으로 얼마나 많이 평가했을까, 잠깐이라도 이현과 사귀었던 기억을 지워 버리고 싶었다.

"지소윤 흑역사에 한 줄 추가구나. 하지만 부끄러움은 내가 아니라 그 자식이 느낄 몫이야!"

이렇게 된 이상, 물러설 수 없었다. 전쟁을 네가 시작했다면 끝은 내가 맺어 볼게, 소윤은 의지를 다졌다. 든든한 지원군을 등에 업은 소윤과 달리 @R_U_jinsil은 며칠 동안 조용했다. 헛소문 퍼트린 거 사과하라는 사람들의 댓글에도 묵묵부답이었다. 소윤은 @R_U_jinsil이 잠깐 숨을 죽인 사이, 자신만의 방법으로 차곡차곡 물증을 수집했다. 예상 밖의 증거까지 손에 넣고 모든 준비를 마쳤다고 생각한 소윤은 이삭에게 톡을 보냈다.

- 잠깐 나올래? 너희 집 근처 할머니랑 만났던 쉼터에서 만나자.
  바람이나 쐬자고.

밤공기에서 젖은 흙냄새가 올라왔다. 가로등 아래 은행나무 잎이 노랗게 빛났다. 후드를 뒤집어쓰고 서 있는 이삭이 보였다. 토도독 달려가서 고개를 아래로 숙여 이삭을 올려다봤다. 이삭이 저항 없는 웃음을 터트렸다.

"뭐야, 갑자기?"

"왜? 나 보고 싶었던 것 같아서 얼굴 들이민 건데!"

보고 싶다는 말의 마법이 이삭의 얼굴에 2차 웃음을 퍼트렸다.

"할 일 있다면서 학교 끝나고 휭하고 가 버리더니. 이렇게 밖에서 봐도 역시 귀엽군.”

“가는 게 있으면 오는 게 있다던데. 역시 내 남친은 똑똑해서 잘하는군.”

소윤이 이삭의 머리를 가볍게 쓰다듬었다. 두 사람의 눈이 밤하늘 별빛처럼 반짝였다. 이삭은 주머니에서 꺼낸 사과주스를 소윤의 손에 쥐어 주었다.

“보여 줄 게 있어.”

두 사람은 벤치에 나란히 앉았다. 소윤이 휴대폰을 열고 앨범 속 사진을 보였다.

“이게 뭐야?”

“이현이 비밀 계정에 올린 스토리 캡처야.”

“헤어졌다면서 서로 언팔한 거 아니었어?”

“당연히 언팔했지. 봐 봐. 내가 아니라 어떤 여자애 계정이야.”

“어, 그러네?”

유튜브에 심경 영상을 올리고 며칠 후, 이현의 비계 팔로잉 목록에 있던 여자아이가 먼저 디엠을 보내왔다. 그 아이 또한 소윤과 같은 인플루언서였는데 알고 보니 유니럽의 구독자이기도 했다. 내용인즉, 이현이 자신과 사귀면서도 아직도 소윤의 욕을 엄청나게 한다는 것이었다. 오래 사귀지도 않았고 듣자 하니 소윤에게 차였다던데, 자기가 알고 있는 사실과는 완전히 다르게 말하는 것도 그렇고 뭔가 이상한 낌새가 느껴졌다고. 그러다가 이현이 잠시 자리를 비운 새 알림이 울려서 휴대폰을 슬쩍 봤는데 그게 @R_U_jinsil 계정이었다고 했다. 혹시 몰라서 사진을 찍었다면서 친절하게 증거인 캡처본까지 보내 주었다.

"뭐야, 유니럽! 여자한테까지 이런 지지를 다 받고 진짜 인기쟁이네?"

"평소 이미지 관리를 잘해서 그런 거 아닐까?"

소윤이 어깨를 으쓱하며 말했다. 자신의 유튜브에 악플을 달았던 이현의 계정에 있는 음악 목록, 역시나 이현의 공 계정에 있는 네온 타이드 클럽의 음악이 좋다고 올린 게시물도 이삭에게 보여 주었다. 이 두 가지 물증만으로도 이미 확실했다.

"까판 만들 때는 몰랐겠지? 이렇게 오히려 당할 줄."

"혼자서 똑똑한 척, 잘난 척은 다 하더니만, 여러모로 치밀하지 못해. 내가 대체 왜 그런 애랑 사귀었을까?"

"음, 나에 대한 진짜 속마음을 들키기 싫어서?"

이삭이 빙그레 웃으며 말했다. 표정이란 없는 하얀 도화지같이 무미건조하던 아이가 날 위해 웃고 장난치는 게 소윤은 아직도 믿어지지 않았다. 어디 그뿐인가, 처음엔 원수이자 앙숙이며,

모범생과 일진 인플루언서로 도무지 어울릴 수 없는 혐오 관계였다. 모두가 저 둘은 아니라고 생각한 조합이었으나 두 사람은 생애 첫사랑을 만끽하고 있었다. 게다가 영원히 가슴에 묻어 두어야 할 슬픔이었으나 모두와 공유하자, 또 다른 사람들에게 위로가 되었다. 내내 쫓기던 발걸음이 한 방향으로 모이는 기분 좋은 느낌이었다.

"인정하기 싫지만, 완전 인정!"

"솔직함이 좋았어!"

"나 있잖아, 허세 쪼잔 전 남친한테 복수하기 전에 너한테 이거 보여 주고 싶어서 만나자고 했어."

"잘했어. 쫄지 말고 잘 반격해!"

"응!"

이삭의 응원에 소윤은 정말 든든한 날개를 얻은 듯했다.

증거들을 모은 짧은 영상의 파급력은 소윤의 가족사 고백보다 더 컸다. 이현에게 디엠을 받았다는 여자애들 수십 명이 연락을 해 왔고, 그중에는 심지어 초등학생도 있었다.

– 팬 미팅 끝나고 잠깐 볼래? 나, 너 되게 마음에 들거든.

- 친구들한텐 비밀로 하자. 내 이미지도 있으니까. 지켜 줄 거지?

- 뭐 어때? 몇 달만 지나면 너도 중학교 들어갈 거 아냐.

  왜, 나 만나기 싫어?

이현의 실체에 대한 후폭풍은 일파만파 커졌다.

"이 미친 새끼……! 완전 문어발이잖아!"

세진이 이를 꽉 물며 욕지기를 뱉었다. 충격을 넘어서 분노를 향하고 있었다. 반반한 얼굴로 흘린 오만과 거짓의 기록들은 고대로 박제되었고, 사방에서 이현을 조롱했다. 반 아이들 몇몇은 소윤에게 사과를 하기도 했고 오해해서 미안했다며 간식 따위를 선물로 주기도 했다. 소윤의 복수는 통쾌하고 성공적이었다.

이현의 계정은 조용해졌다. 이미 소 잃고 외양간 고치는 격이긴 했지만, 피드에서 사진 몇 장이 삭제된 흔적도 보였다. 팬 카페에는 "사실 관계를 확인하고 있습니다. 무차별한 인신공격은 삼가해 주세요."라는 운영진 공지가 올라왔다. 명백한 증거에도 이현은 미안하다는 사과 한마디 없었다. 이현다운 반응이라고 소윤은 생각했다.

그리고 며칠 후, 연예면에 기사 하나가 떴다.

'제이엠 엔터테인먼트, 오디션 프로에 출연했던 인기 연습생

이현과 전속 계약 해지'란 제목이었다. "소속사 조사 결과 내부 규정 위반이 명백하여 이에 아티스트로서 품위 손상이 인정돼 금일 부로 전속 계약을 해지한다."라는 공식 입장 발표문이었다.

약간의 시간차를 두고, 이현의 개인 계정에도 글이 올라왔다. 자신은 이번 일과 무관하며 여전히 결백함을 주장하는데도 회사가 헛소문을 믿고 자길 믿어 주지 않았다. 여자애들이 먼저 오프라인으로 자신에게 다가와 만나자고 했었다. 결국엔 좁혀지지 않은 회사와의 견해 차이를 확인했다. 이에 실망했으며, 어떻게든 소속 아티스트를 보호해야 할 회사와의 신뢰가 무너져 자기가 먼저 계약을 정리하자고 했다면서 끝까지 구질구질 변명을 늘어놓았다.

– 그럼 자기 비밀 계정은 어떻게 설명할 건데?
　사람들이 다 무슨 바본 줄 암?
– 증거가 너무 빵빵하게 차고 넘치는데요.
　디엠 캡처는 ㄹㅇ 빼박…….
– 저런 여미새라도 무지성으로 좋아할 팬들은 남겠지 뭐.

각양각색의 의견이 층층이 쌓였다. 그래도 창피한 건 본인도

인지했는지 이현은 자취를 감췄다. 학교를 자퇴하고 검정고시를 볼 거라는 둥, 열받은 부모님이 강제 유학을 보낸다는 둥 여러 가지 소문이 돌았다. 혹여라도 이현이 보복할까 드문드문 마음을 졸였던 소윤이었다. 하지만 상황이 돌아가는 걸 가만히 지켜보고는 그런 일은 일어나지 않을 것이라고 잠정적인 결론을 내렸다. 무모한 복수를 감행하기엔 이현은 너무도 잃을 게 많은 아이였다. 본인의 잘난 집안에 먹칠하는 걸 가족들이 눈 뜨고 지켜만 보진 않을 게 분명했기 때문이었다. 차라리 제 잘못을 인정했으면 희망은 있었다. 그러나 그는 그러지 않았다. 이현은 이미 많은 것을 잃다 못해 되돌리기도 쉽지 않은 상황을 자초한 것이나 다름없었다.

19.
혼자서 반짝여도 충분한 날들

운동장 끝, 낙엽이 뒹구는 벤치 자리는 시끌벅적했다. 얼마 전까지만 해도 소윤 혼자거나, 많아야 둘이 나란히 앉던 자리였다. 이제는 네 사람 몫의 체온이 겹쳐 앉아 웅성거림이 자리를 넓혔다. 이삭은 늘 그렇듯 후드를 반쯤 뒤집어쓴 채 눕듯이 기대어 있었고, 세진은 새로 뽑은 최애의 정보를 캐느라 SNS 삼매경 중이었으며, 정아는 손바닥만 한 거울을 들여다보며 외모 점검에 여념이 없었다. 소윤은 초코바를 우적우적 먹으며 행복한 미소를 지었다.

"야, 천천히 먹어. 누가 쫓아오냐?"

"그동안 이렇게 달고 맛있는 걸 왜 억지로 참았나 몰라?"

"왜긴 왜야! 삼백육십오 일 다이어트하느라 그랬지! 우리 먹는 거 뭐라고 하면서!"

세진이 퉁바리를 놓자 소윤이 입술을 삐죽 내밀었다. 사실 그랬다. 인플루언서는 외적으로 보이는 게 너무도 중요했으니까.
외모 지상주의에 물들어서 이런 소소하고 달콤한 행복을 알면서
도 외면하고 지냈다.

"우리 소윤이는 지금보다 십 킬로쯤 쪄도 예쁘니까 괜찮아."

예상치 못한 이삭의 칭찬 폭격에 놀란 정아가 들고 있던 손거
울을 떨어트렸다. 세진은 단단히 화가 났는지 벤치 아래에서 돌
멩이를 주워 들었다.

"이것들이 솔로 앞에서 꽁냥거리며 연애질하는 것도 짜증 나
죽겠는데, 아주 그냥 염장을 질러라!"

"이삭아, 너 엿 먹을래? 마침 내 주머니에 엿 있는데."

세진과 정아가 눈을 뾰족하게 뜨며 둘에게 핀잔을 퍼부었다.

"우리 엄마가 사람은 누구나 자기만의 불씨를 갖고 태어난대.
근데 그 불씨가 가끔 약해져서 꺼져 가는 때가 오는데, 그때는 바
람막이가 필요하대. 바람을 완전히 막을 수 있다는 개념이 아니
라, 바람이랑 친구 먹는 법을 배우라는 뜻이래."

"바람이랑…… 친구라."

"과열되지도 않고 그렇다고 소멸하지도 않게 적정한 온도를
유지하면서 내 불씨를 지키는 법부터 먼저 배우라는 거지. 그렇
게 바람을 잘 타고 읽어야 다음에 누굴 만나도 따뜻하게 해 줄 여

유가 있다면서.”

소윤이 되뇌자, 세진은 작은 돌을 발끝으로 툭 차서 모래 위에 동그라미를 그렸다.

“그리고…… 엄마가 하나 더 전하래. 네 동생이 꿈에 나오면, 겁주러 오는 게 아니라고. 누나 힘들지 말라고 위로해 주는 거래.”

세진의 말이 가볍게 날아왔다. 뜨겁지도 차갑지도 않게, 체온과 닮은 온도로 가만히 가슴 가운데로 날아와 앉았다. 소윤은 눈을 살짝 치켜뜨고 하늘을 봤다. 구름이 아주 얇은 종이처럼 펼쳐져 바람결에 미세하게 흔들렸다.

“바람막이 역할은 내가 할게.”

이삭이 불쑥 말했다. 단순했지만 기둥처럼 든든한 말이었다. 소윤은 어깨를 펴고 고개를 끄덕였다.

종이 울리고 네 사람이 자리에서 일어났다. 교실로 향하는 복도에서 올라오는 먼지 냄새와, 창틀을 닦을 때 나는 물비누 냄새가 은근하게 퍼졌다.

집에 들어서자, 거실 한가운데 큰 탁자에 색색의 천 조각들이 펼쳐져 있었다. 엄마는 돋보기안경을 코끝에 걸치고서 한 땀 한 땀 섬세한 손길로 바늘을 움직였다. 실이 팽팽하게 당겨질 때마다 손가락 끝이 아주 미세하게 떨렸다. 옆에는 해진 고래 무늬 이불이 조각조각 육각형의 벌집 모양으로 잘려 있었다.

“이거…… 석중이 이불이네?”

“응, 버리려다가 좀 아깝다 싶어서 오랜만에 솜씨 좀 발휘해 보고 있어. 해진 부분 잘라서 모양을 냈지. 고래, 파도, 축구공, 좋아하던 것들로 쿠션 만들어 보려고.”

“좋다! 안 그래도 엄마가 퀼트 다시 취미 활동으로 했으면 했거든. 나도 요즘 피아노 치는 게 재밌어!”

“그래, 오랜만에 하니까 아주 시간 가는 줄 모르게 즐거운 거 있지? 참, 아까 장 보러 갔다가 너 좋아하는 빵집에서 조각 케이크 사 왔거든. 냉장고에 있으니까 꺼내 먹어!”

“와! 안 그래도 나 달다구리 땡겼는데 어떻게 알았어? 고마워, 엄마!”

석중의 낡은 이불은 천천히 새 모습으로 변해 가고 있었다. 그 변화가 소윤은 퍽 마음에 들었다.

“엄마.”

케이크를 먹던 소윤이 의자 등받이에 기대앉아 조심스럽게 말을 꺼냈다.

“실은 나…… 사귀는 애 생겼어.”

엄마의 손이 잠깐 멈췄다. 바늘 끝이 햇빛에 반짝했다. 엄마의 시선이 부드럽게 올라왔다. 놀람은 짧았고 이내 부드러운 미소가 뒤따랐다.

“정말? 누군데?”

“서이삭이라고 우리 반 반장이야. 첫인상은 서로 최악이었어. 거의 개와 고양이급이었어. 근데 내가 어쩌다가 걔 할머니인 줄 모르고 집 찾는 걸 도와드렸거든. 그 일을 계기로 계속 마주치면서 정이 든 것 같아. 왜, 저번 결혼기념일 때 나 먼저 뛰쳐나갔잖아. 그때 거리 헤매다가 걔네 집 갔는데 할머니가 밥도 먹여 주시고 다독여도 주시고……, 어찌 보면 할머니가 우리 둘의 연결 고리랄까?”

말끝에 소윤이 멋쩍게 웃었다.

“그리고 이삭이는 혼자 살아. 부모님 이혼하시고. 지금은 학교 때문에 혼자.”

할까 말까 잠시 망설였지만, 용기를 쥐어짜서 마지막 말까지 더했다. 엄마는 잠시 바늘을 내려놓고 천 조각 위에 손바닥을 올리고 말이 없었다. 예상 못 한 긴 침묵에 소윤은 조바심이 났다.

“그랬구나. 기특하네, 남자 친구가. 일찍 독립했는데 공부도 잘하고. 우리 소윤이 남자 보는 눈이 대단하네?”

“엄마……”

“예쁘게 만나. 그리고 언제 한번 집에 데려와. 엄마가 밥해 줄게. 너도 할머니께 많이 얻어먹었으니 모르는 체하면 예의가 아니지. 갈비를 굽는 게 나을까, 아니면 해산물 쪽?”

“둘 다 해 줘!”

“허, 욕심 봐라. 알았어!”

둘은 동시에 웃었다.

밤이 되고 책상 위 노트북을 켠 소윤은 채널 공지 탭을 열었다. 마음을 내내 떠다니던 문장들을 조심스레 불러 모아 한 줄씩 적어 내려갔다.

러빙이들, 오늘은 특별 공지가 있어요. 다름이 아니고 유니럽 채널을 잠깐, 어쩌면 오래 쉬려고 해요. 최근에 있었던 일 때문이냐고 걱정하시고 묻는 분들이 계실까 봐 말씀드리지만, 그런 이유는 아니에요.

그동안 저는 남들이 뽐내는 빛을 쫓아서 살았어요. 아, 나도 이 사람처럼 예쁨받고 싶다. 저 사람보다 유명해지고 싶다. 허울 좋은 꿈만 좇고 저 자신을 저울질하느라 정작 중요한 걸 놓치고 살았던 것 같아요. 손에 닿지 않는 높은 목표만을 향해서 달리느라 숨이 가쁜데도 애써 무시하고 살았어요. 러빙이들의 관심만이 날 나타내는 증표인 것처럼 전력 질주하느라 제 마음의 소리에는 귀 기울일 여유가 없었어요.

물론 정말 진심으로 절 좋아하고 응원해 주시는 분들이 훨씬 더 많은 것도 알아요. 하지만 대부분의 인기는 손에 쥔 모래알처럼 꽉 잡고 있던 손을 놓으면 다 흩어져 버리죠. 이번 일을 겪고 공부했다고나 할까요? 하하하!

근데 오히려 이번 사건으로 저는 제가 진심으로 원하는 행복은 이런 게 아니란 걸 깨달았어요. 그리고 이제는 제가 내는 반짝임으로도 충분하다는 걸 알았어요. 여러분도 남의 시선이 아닌, 자기만의 빛으로 환해지길 바랄게요. 아마 제가 다시 돌아왔을 때는 어쩌면 지금의 모습과는 조금 달라져 있을지도 모르겠어요.

하지만 제 과거를 부정하거나 지우고 싶진 않아서 영상들은 하나도 삭제하지 않을 거예요. 우리 조금 더 천천히, 그리고 좀 더 단단해지기로 해요. 다시 볼 때까지 모두 건강하세요!

응원과 애정을 남기며, 유니럽

글을 다 올리고 나니, 두려움과 해방감이 동시에 올라왔다. 하지만 묘하게 안정적이었다. 높은 꼭대기에 아슬아슬하게 서 있는 느낌이 아니라 평평하게 누운 편안함이었다. 몸이 먼저 반응하고

마음이 알아서 제자리를 찾아 눕는 듯한 감각이 발끝에서부터
느껴졌다.

20.
둘이 함께 만드는 악장

오랜만에 꾸는 꿈은 악몽의 옷을 걸치지 않았다. 소윤은 낯선 공간에 서 있었다.

그곳은 초여름 한낮 같은 푸른 하늘 위로 먹음직스러운 생크림 같은 구름이 걸려 있었다. 수채 물감으로 그린 듯한 초록빛의 너른 평야가 발아래 펼쳐졌다. 바람이 불 때마다 싱그러운 풀 냄새가 파도처럼 밀려왔다. 소윤은 잠시 눈을 감고 소리와 냄새에 집중했다. 아무것도 원하지도 바라지도 않았다. 그저 이 자체로 충분했다. 아귀를 딱 맞춘다. 이 세계의 어느 한 조각이 된 것 같은 일체감이 느껴졌다.

순간 저 멀리서 정적을 깨고 타악타악 둔탁한 소리가 들렸다. 소윤의 눈꺼풀이 스르륵 올라갔다. 작은 점처럼 석중이 축구공을 발등으로 치면서 걸어오고 있었다. 석중이 이쪽으로 걸어오는 장면이 소윤의 눈앞에서 천천히 영화처럼 재생됐다.

“눈나~아!”

석중이 축구공을 껴안으며 소윤에게 달려왔다. 숨이 조금 찬 얼굴, 땀에 젖은 앞머리, 웃으면 꺾이는 반달 같은 눈을 소윤은 지그시 눈과 가슴으로 담았다. 코앞으로 온 석중을 향해 두 팔을 뻗고 작은 어깨를 감싸안았다. 석중이 간지럽다며 웃음을 터트렸다. 소윤은 무릎을 구부려 석중에게 따뜻한 눈인사를 건넸다.

“누나, 오랜만이야! 보고 싶었어.”

“나도 늘 그래! 요즘 계속 안 보이길래 걱정했잖아.”

“그게…… 누나가 나 보면 힘들어해서 보고 싶어도 참았어.”

석중의 다정하고 기특한 말에 가슴이 울컥했다. 누나답게 태연한 모습을 보이고 싶은데 말보다 먼저 울음이 나갈까 봐 입술을 깨물었다. 석중의 눈썹이 팔자를 그리며 아래로 부드럽게 떨어졌다. 석중이 동그란 손바닥으로 소윤의 머리카락을 쓸었다. 왠지 어색하고 서툴지만, 진심이 담긴 손길이었다.

“누나, 이제 울지 마. 나, 저기서 진짜 재밌게 잘 있어.”

석중이 턱으로 저쪽을 가리켰다. 그 너머에는 끝없이 부드러운 하얀빛이 서로 엉켜서 마치 공기가 솜털처럼 북슬북슬하게 깔린 것처럼 보였다. 어떤 슬픔도 미련도 단박에 포근히 안아 줄 것만 같은 곳이었다.

“거기선 축구 경기하다가 넘어져도 하나도 안 아파.”

“그런가? 잘됐네.”

석중이 축구공을 발끝으로 톡톡 차며 리프팅 묘기를 선보였다. 양발, 오른발 재주 좋게 공을 넘기더니 머리까지 가볍게 공을 튕겨 올렸다. 소윤이 “오오!” 입술을 모으며 손뼉을 치자 석중이가 으스대듯 윙크를 했다.

“봤지?”

“그러네. 못 본 새 실력이 엄청 성장했다!”

“누나도 나처럼 잘 커!”

“뭐래? 크크크. 이 쪼끄만 게. 알았어, 그럴게!”

“그럼, 안녕.”

“그래, 안녕!”

작별이 아닌 또 보자에 가까운 인사를 마친 석중이 흐릿하게 공기 속으로 섞여 들었다. 소윤이 해 뜨기 전 잠에서 깼을 때, 베개 모서리에 아주 작고 둥근 눈물 자국이 말라 있었다. 더는 석중을 떠올리는 것으로 마음 아프지 않을 거라고 소윤은 확신할 수 있었다.

드림캐처의 하늘거리는 깃털을 물끄러미 바라봤다. 나쁜 꿈을 막아 주는 드림캐처가 아닌, 툭하면 구덩이에 빠지던 마음을 촘

촘히 엮어서 건져 준 이삭의 선물. 머리를 식힐 겸 몸을 일으켜서 창문을 열었다. 늦가을의 이른 바람이 커튼을 부풀렸다가 가라앉혔다. 세진이 말한 바람막이도 잘 입었겠다, 이제 불씨가 꺼질까 봐 걱정할 일은 없었다. 이제부터 바람은 적이 아니라 친구였다.

소윤과 이삭은 여전히 잘 만났다. 이제는 전교생 모두가 다 아는 커플이라서 이들의 특이한 조합을 갖고 뭐라고 하는 애들도 없었다. 굳이 특별한 이벤트 없이 담백하게 지내는 날들이 소윤은 좋았다. 두 사람은 애초에 다른 점이 많았지만, 함께하는 시간이 길어질수록 서로를 닮아 갔다. 걷는 보폭, 기다릴 때 짝다리를 짚는 것, 긴장될 때 손가락을 뚝뚝 꺾는 것, 음식을 먹고 나서 입을 닦는 행동까지.

방과 후, 둘은 음악실에 들렀다. 소윤이 먼저 피아노 의자에 앉자 이삭이 그 옆에 앉았다. 피아노 위의 메트로놈이 고개를 좌우로 흔들며 톡톡 소리를 배경에 얹혔다.

"나, 드디어 지소윤 님 피아노 연주곡 들어 보는 거네?"

"못 친다고 비웃기 없기."

이삭이 미소를 지으며 끄덕였다.

소윤은 어깨를 한 번 크게 말아 올려 내리고, 손가락을 펼쳤다가 오므렸다. 숨을 들이쉬고, 길게 내쉬었다. 그리고 천천히 첫 화음을 눌렀다. 에릭 사티의 〈짐노페디 1번〉이 부드럽고 정확한 무게로 내려앉으며 소리를 냈다. 페달을 아주 얕게, 물 한 방울만 떨어뜨리듯 밟자 음 끝에 여운이 맺혔다. 선율이 한 번 올라갔다 내려올 때마다 고요하던 음악실에 생기가 살아났다. 이삭은 팔꿈치를 무릎 위에 올리고 고개를 약간 기울인 채 소윤의 옆얼굴을 봤다. 치마의 주름이 아주 미세하게 떨리며 박자를 탔다.

소윤의 몸이 오른쪽으로 기울어진 순간, 두 사람의 어깨가 아주 부드럽게 스쳤다. 둘 다 동시에 멈칫했지만, 소윤은 손을 멈추지 않았다. 마지막 마디에 닿자 페달에서 발을 뗐다. 동시에 그 사이로 긴 여운이 스며들었다. 전등의 미세한 윙 하는 소리, 창밖에서 들려오는 아이들의 고함까지 모두 음악의 마침표가 됐다.

"잘 친다. 곡이 좋아."

"빈 데가 많아서 잘 쳐 보이는 효과가 있어서 그래. 근데 이마저도 실수할까 봐 은근히 긴장했다고."

"그런가? 난 네 옆에 앉아서 긴장되던데. 우리 통했네?"

이삭의 이마 위로 머리카락이 한 올 내려왔다. 소윤의 시선이 그 한 올을 따라 잠시 머물렀다. 머리로 간 시선이 서로의 눈으로 가닿자 둘 사이에 얇은 침묵이 흘렀다. 고요가 무르익자, 눈치 없이 심장이 뛰기 시작했다. 소윤이 먼저 입술을 달싹이다가 입을 뗐다.

"엄마가 갈비 재어 놓는다고 내일 오래."

"진짜? 어떡하지. 난 마음의 준비가 안 됐는데……."

"뭐, 난 마음의 준비가 완벽해서 너희 집에 간 건 아니잖아."

"하긴 그것도 그러네? 알았어. 깔끔하고 단정하게 하고 갈게."

이삭이 자리에서 일어나 피아노 덮개를 조심스레 내렸다.

"그만 가자. 저녁 바람 추워지기 전에."

나란히 문 쪽으로 걸어갔다. 손잡이에 올려진 이삭의 손에 난 점, 빨간 동그라미로 둘러싸였던 그 점이 형광등 아래에서 아주 잠깐 반짝였다. 남친이라고 확신하게 했던 점이 콕 박힌 두툼하고 따뜻한 이삭의 손을 소윤은 가볍게 잡아끌어 세웠다.

"잠깐만!"

"응?"

발뒤꿈치를 살짝 들자 소윤의 입술이 이삭의 볼에 조심스럽게 닿았다. 피부의 미세한 온도, 깨끗한 비누 냄새가 아주 옅게 스쳤다. 닿은 시간은 그리 길지 않았는데, 가슴속 불길은 아주 길게 번졌다. 이삭의 귀가 즉시 물든 단풍처럼 빨개졌다. 붉은 기운은 귓불에서 목덜미 쪽으로 서서히 번졌다. 이삭은 할 말을 찾지 못해 한두 번 입을 열었다 닫았다.

"저기…… 그……."

민망함에 이삭은 말끝만 계속 주워 삼키며 애먼 머리를 긁적였다. 소윤은 깔깔 웃고는 그의 후드를 잽싸게 뒤집어씌웠다. 소윤이 문을 열고 먼저 뛰쳐나갔다.

"다음엔 네가 먼저 해야 해!"

복도로 나서자 석양이 창문을 통과해 바닥에 긴 사각형의 그림자를 늘어뜨렸다. 둘은 그 사각형들을 차례대로 밟으며 계단을 내려갔다. 소윤의 마음속에 아주 또렷한 문장이 떠올랐다. 집에서도, 학교에서도, 그리고 자신 안에서도 떠돌던 마음의 도착지는 이곳이라고. 이삭과 함께 이 경쾌한 악장의 다음 페이지를 넘길 준비가 되었다는 것을 소윤은 깨달았다.

작가의 말

출판사 대표님과 밥을 먹다가 이런 말을 들었다.

"서로 다른 청소년들이 사랑하는 이야기를 써 보면 어때요? 이를테면 모범생과 일진 같은?"

나는 재미있겠다는 생각에 흔쾌히 제안을 수락했으나, 의외로 글이 바로 써지지 않았다.

며칠을 멍때리며 굴리다 보니 틈을 비집고 조심스레 아이들이 등장했다. 늘 시선의 정중앙에 노출된 소윤과 늘 시선의 바깥에 숨어 있는 이삭이었다.

둘은 계속된 오해 속에서 서로를 미워하며 불꽃을 튀긴다. 그러다 너무 다른 모서리를 부딪치며 튄 불꽃 속에서 뜻밖의 결을 발견하고, 날것의 자신을 마주한다. 사고처럼 들이닥친 첫사랑의 후유증은 눈부신 변화를 동반했고, 투닥대던 소윤과 이삭을 쫓아가다 보니 어느덧 그럴싸한 연애담이자 성장담이 완성되었다.

사람은 혼자서 자신을 온전히 알기 어렵다. 그래서 누군가와 소통하고, 부딪치고, 때로는 상처를 주고받으며 내가 누구인지 배워 간다. 지극히 다른 세계가 충돌할 때 껍데기를 깨고 일어나는 변화는 우주의 빅뱅처럼 놀랍고, 신비롭고, 벅차다. 이전으로 돌아갈 수 없는 대신 한 뼘쯤 넓어진 새로운 세계를 얻게 된다.

지금의 나는 어디에 갖다 놔도 주절거리며 너스레를 잘 떠는 어른이지만, 어릴 적 나는 인사 한마디를 건네기 위해 반나절을 고민하던 아이였다.

'지금 말 걸면 이상할까?'

'내가 먼저 다가가면 웃기지 않을까?'

남들에겐 문제도 아닌 사소한 일들로 허비하던 날들이 많았다. 그런데 그 어렵고 무서운 첫마디만 넘기면 시야는 트이고 가슴은 간질거렸다. 더 웃고, 더 외치고, 더 나를 드러내도 좋다는 생각들이 이어졌다. 돌이켜보면 그 반짝이는 시작의 연속이 지금의 나를 만든 것 같다.

이 책을 읽고 난 독자님들이 누군가에게 말을 걸어 보고, 누군가를 궁금해하길 바란다. 호기심 어린 반짝이는 눈으로 낯선 세상에 발을 들이고 싶은 모험을 했으면 좋겠다. 그렇게 낸 작은 용기가 생각지도 못한 방식으로 반짝이는 순간을 깜짝 선물할 테니깐 말이다.

한수언

우주나무 청소년문학 5 반짝이는 파편

초판 1쇄 인쇄 2026년 2월 12일 | 초판 1쇄 발행 2026년 3월 3일
글 한수언 | 편집 한지연 | 디자인 아이디스퀘어
펴낸이 정하섭 | 펴낸곳 우주나무 | 출판신고 제2021-000100호
주소 10881 경기도 파주시 회동길 480 아트팩토리 B동 236호
전화 070-8848-1905 | 팩스 0505-360-1905 | 메일 woojunamup@naver.com
블로그 https://blog.naver.com/woojunamup | 인스타그램 @woojunamu_publishing

ISBN 979-11-93152-45-4 44810 ISBN 979-11-89489-95-3(세트)

⚠ 종이에 손이 베이거나 책 모서리에 다치지 않게 주의하세요.